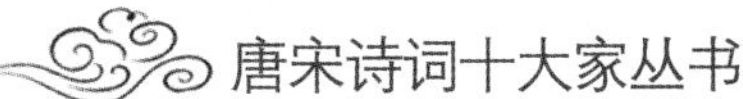

唐宋诗词十大家丛书

U0902274

白居易诗词

王玲 编著

山东城市出版传媒集团·济南出版社

图书在版编目(CIP)数据

白居易诗词／王玲编著. —济南：济南出版社,2014.4
(2020.1 重印)

(唐宋诗词十大家丛书)

ISBN 978－7－5488－1249－4

Ⅰ. ①白… Ⅱ. ①王… Ⅲ. ①唐诗—诗集 ②词(文学)—作品集—中国—唐代 Ⅳ. ①I222

中国版本图书馆 CIP 数据核字(2014)第 075431 号

丛书策划 孙凤文
丛书主编 李永祥 宫明莹
责任编辑 韩宝娟

出版发行 济南出版社
地　　址 济南市二环南路 1 号(250002)
印　　刷 山东华立印务有限公司
版　　次 2014 年 4 月第 1 版
印　　次 2020 年 1 月第 4 次印刷
开　　本 635mm×960mm 1/16
印　　张 8.25
字　　数 105 千
印　　数 12001－17000 册
定　　价 24.80 元

(济南版图书,如有印装错误,可随时调换)

序

唐诗宋词是中华民族文化宝库中最为璀璨夺目的瑰宝，它们在文学上所取得的伟大成就和产生的深远影响是人所共知的。作为文化产品，能够传之后代便已经算得上菁华之作，而千载之下仍被不断传诵、引用，这样一个事实则说明了其具有强大的艺术生命力、文化价值和现实意义。

每一个中国人都应该对唐诗宋词有所了解，究其原因，从大处说是为了要继承和发扬中华民族优秀的文化传统，从小处说是为了增加个体的文化修养，所谓“腹有诗书气自华”就是这个道理。

但是，面对卷帙浩繁的唐诗宋词，从何处去了解，如何去接受呢？作为选编者，我们认为应该从名家大家的名篇名作入手。因为名家名篇都是经历过时间汰选的，其艺术魅力是被广泛认可和证明过的。为此，我们从众多名家中选出我们认为最有代表性、传诵最广、影响最大的十位“大家”，再从他们的作品中选出我们认为应该入选的优秀作品，经注释、赏析和对生僻字注音等处理，呈献给广大读者。我们的愿望是，您通过对这些名家名作的诵读、了解，能够如入宝山，更好地受到我们中华民族最优秀文化的熏染，有更多的艺术收获，获得更多的人生感悟和艺术创造力！

需要说明的是，唐宋时期的诗词大家是如此的“众星璀璨”，以至于我们在选定这十家的过程中也曾犹疑和拿不定主意，因为要给他们准确排名是不可能的，更何况文学艺术还有个“见仁见智”的问题呢。因此，我们选定的这十大家也许不能得到您的认同，但是，有一点是不可否认的，这十大家都无愧于“大家”这一称号。所入选的作品有些从学术研究上是有争议的，例如李白的词作，在这里我们搁置了学术争议，按传统的、公认的认识来处理其归属或其学术问题，这一点亦请方家给予理解。至于在注、赏的过程中，由于我们水平所限，有可能出现的问题或争议，则恳请读者诸君能够不吝赐教为盼。

李永祥　宫明莹

2014 年 4 月

目　录

白居易小传

白居易（772—846）是我国历史上著名的现实主义诗人之一。字乐天，自号香山居士，原籍太原，后迁居下邽（今陕西省渭南市）。

白居易出生于一个小官僚家庭。一生以贬江州司马分为前后两期。早期仕途上一帆风顺，25 岁中进士，为校书郎、翰林学士、左拾遗等。政治态度积极，屡次上书指摘时弊，以至激怒权贵，遂于唐宪宗元和十年贬江州司马。此后曾任杭州刺史、苏州刺史、太子宾客分司东都、太子少傅等职。后期态度较为消极。

在文学上，白居易是唐朝新乐府运动的中坚。他和另一位诗人元稹是好友，共同提出了“文章合为时而著，歌诗合为事而作”的现实主义文学理论。作者最工于诗，诗风通俗平易，妪幼皆解。中唐渐盛倚声填词之风，这与白居易、刘禹锡的极力倡导是分不开的。他们向民间学习，填了不少“忆江南”、“竹枝词”等词，语言通俗平易，风格清新隽永。

作为一个伟大的现实主义诗人，白居易现存诗二千八百多首，是现存唐代诗人中创作量最多的一位。在他的诗中，有反映民众疾苦、揭露统治者腐朽以及黑暗朝政的，也有描绘山川风光和闲适生活的，还有一些是宣扬佛教思想的。他把自己的诗分为讽谕、闲适、感伤、杂律四类，晚年又分为格诗、律诗两类。其长篇诗作《长恨歌》、《琶琶行》等是千古传诵的名篇。

就诗的风格来说，白居易的诗深入浅出，平易通俗。其写作方法长于将铺叙、叙事与议论相结合，对比鲜明。在叙事诗中又以善于刻画人物见长，语言简洁，明白如话。由于富于情味，雅俗共赏，所以千百年来，他的诗一直为人所喜爱和传诵。

白居易的传世之作有《白氏长庆集》七十一卷，词今存二十六首，见《尊前集》。

观刈（yì）麦

田家少闲月，
五月人倍忙。
夜来南风起，
小麦覆陇黄[①]。
妇姑荷箪（dān）食[②]，
童稚携壶浆。
相随饷（xiǎng）田去[④]，
丁壮在南冈。
足蒸暑土气[⑤]，
背灼炎天光[⑥]。
力尽不知热，
但惜夏日长[⑦]。
复有贫妇人，
抱子在其旁[⑧]。
右手秉遗穗[⑨]，
左臂悬敝筐[⑩]。

听其相顾言[11]，
闻者为悲伤。
家田输税尽[12]，
拾此充饥肠。
今我何功德，
曾不事农桑[13]。
吏禄三百石（dàn）[14]，
岁晏（yàn）有余粮[15]。
念此私自愧，
尽日不能忘。

注释

①“陇”，同“垄”，田埂。

②“妇姑”，泛指妇女。“荷”，担着。“箪”，圆形竹器，用以盛食物。

③“童稚”，孩子。“携壶浆”，用壶提着汤水。

④“饷田”，给在田里劳作的人送饭。

⑤“足蒸”句，是说两脚被田里热气熏蒸着。

⑥“灼”，烤，晒。

⑦“惜”，珍惜。

⑧“其”，指正在田里劳作的农夫。

⑨“秉遗穗”，拾掉在地上的麦穗。

⑩“悬敝筐”，指挎着破筐。

⑪“相顾言”，相互诉说。

⑫“输税尽”，因交税而卖光。

⑬“事农桑”，从事农业劳动。

⑭“吏禄”，做官的俸禄。“三百石”，作者当时的年俸收入。

⑮“岁晏”，年终。

赏析

唐宪宗元和二年，白居易在陕西周至任县尉时，写下了这首著名的讽喻诗。全诗描写了农夫劳动的艰辛和赋税剥削的残酷，表达出对农夫深切的同情和自感惭愧的心情。全诗叙事真切，描写真实，语言平易，具有流畅通俗的诗风。作者以饱含挚情的诗笔，描绘出“田家五月”的生活图景，富于泥土气息。从这幅风俗画中，我们看到的是面朝黄土背朝天的“壮丁”的繁重劳动，听到的是田地卖尽仅靠拾麦穗充饥的农妇的惨痛自述。

诗一开头，先交待背景，点明是五月麦收的农忙季节。接着写妇女领着孩子到田里去，给正在割麦的青壮年送饭送水。随后描写青壮年农夫在南冈麦田低头割麦，脚下暑气熏蒸，背上烈日烘烤，已经累得筋疲力尽，顾不上炎热，只是珍惜这长长的夏日，以便尽快把麦子割光。写到此处，这一家农民辛苦劳碌的情景已经展现出来。接下来描写另一令人心酸的情景：有个穷苦的妇女怀里抱着孩子，手里提着破篮子，在割麦者旁边拾麦穗。为什么要来拾麦穗呢？因为她家的田地已经“输税尽”——为缴纳官税而卖光。如今已无田可种、无麦可收，只好靠拾麦充饥。这两种情景交织在一起，有区别又有关联。前者道出了农村的辛苦，后者揭示出赋税的繁重。繁重的赋税既然已经使贫妇人失掉田地，也会使这一家正在割麦的农民失掉田地。今日的拾麦者，乃是昨日的割麦者；而今日的割麦者，有可能成为明日的拾麦者。强烈的讽喻意味，尽在不言中。作者由农民的痛苦联想到自己生活的舒适，感到惭愧，内心久久不能平静。这段抒情文字是全诗的精华所在，表达了诗人对民众的深切同情。作者写讽喻诗，目的是“唯歌生民病，愿得天子知”。在这首诗中，他以自己的切身感受，把农夫与作为朝廷官员的自己作对比，就是希望“天子”有所感悟。手法巧妙而委婉，可谓用心良苦。

宿紫阁山北村

晨游紫阁峰[①]，
暮宿山下村。
村老见余喜，
为余开一尊[②]。
举杯未及饮，
暴卒（zú）来入门。
紫衣挟刀斧[③]，
草草十余人[④]。
夺我席上酒，
掣我盘中飧（sūn）[⑤]。
主人退后立，
敛手反如宾[⑥]。
中庭有奇树，
种来三十春。
主人惜不得，
持斧断其根。

口称采造家[7]，

身属神策军[8]。

“主人慎勿语，

中尉正承恩[9]！”

注释

①“紫阁峰”，即紫阁山，为终南山的支峰，在今陕西户县西。

②“开一尊”，设酒宴相待。

③“紫衣”，唐制，三品以上文武官员穿紫色公服，是服制中最高的一级。当时宦官带三品将军职衔的人非常多。这里所说的“紫衣”，当指这类宦官。一说指粗紫，为低级胥吏之服。

④“草草”，乱糟糟、蛮横不讲理的样子。

⑤“飧”，熟食；指下酒的菜肴。

⑥“敛手”，叉手、拱手。

⑦“采造家”，唐代专管采伐、建筑的官府机构。

⑧“神策军”，唐代宗后为天子禁军。

⑨“中尉”，左、右神策军的统领。

赏析

从唐玄宗宠信高力士开始，宦官在朝廷中逐渐得势。唐德宗时代，天子的禁军——左右神策军的统领护军中尉，由宦官担任。他们长期在皇帝左右，又掌握了军权，势力很大。从唐宪宗时期开始，宦官的势力更是大得惊人，甚至连皇位的继承都由宦官决定。唐宪宗宠信宦官吐突承璀，任命他为左神策军护军中尉。在他的纵容下，神策军纪律极坏，欺压百姓，无恶不作。唐

宪宗元和四年，白居易在长安担任左拾遗。有一天，他到紫阁峰去游玩，当晚投宿在山北的村庄，目睹了神策军闯进农户家，强行砍伐“奇树”的暴行，怀着愤怒的心情写下了这首诗。

欣赏这首诗，重点在诗尾两句。“主人慎勿语，中尉正承恩!”前面具体逼真地描绘出暴徒的横暴，这里用精笔写到“中尉”，引出了暴徒的主子。仅用两句就使诗歌的主题明朗起来，进而使这一偶然事件具有了典型意义。这一转意至笔端，妥帖自然。如果说描写暴徒的蛮横凶暴和肆无忌惮已揪住了“中尉”的鼠须，这里则顺势刮到了脸上。可见这一节，与前面仍是一意贯穿的。在方式上，这一节虽是祈使句式，里面却暗含一设问。设问句而以祈使句出之，多一层曲折，加之“惶恐”的告诫语气，其讽意愈婉愈深。在内容上，这一节是情语，且直言其事。因此，这一节不仅是“卒章显其志”的需要，也是深化作品的主题、加深读者印象的需要。

村居苦寒

八年十二月[①]，
五日雪纷纷。
竹柏皆冻死，
况彼无衣民！
回观村闾（lǘ）间[②]，
十室八九贫。
北风利如剑，
布絮不蔽身。
唯烧蒿（hāo）棘火[③]，
愁坐夜待晨。
乃知大寒岁，
农者尤苦辛。
顾我当此日，
草堂深掩门。
褐裘（qiú）覆绝（shī）被[④]，
坐卧有余温。

幸免饥冻苦，
又无垅亩勤。
念彼深可愧，
自问是何人？

注释

①“八年”，指唐宪宗元和八年，即公元813年。

②“回观”，回过头看。“闾”，古时以二十五家为一闾，引伸为聚居的意思。

③“蒿棘”，“蒿”，蒿子，一种带有特殊气味的草本植物。“棘”，一种酸枣树，此指杂乱丛生的木本植物。

④“褐裘”，“褐”，是毛布，“裘”，指皮袍子。“絁”，一种粗的丝织绸类。

赏析

唐宪宗元和六年至八年（811—813），白居易因母亲逝世，离开官场，回家居丧。退居期间，他身体多病，生活困窘，曾得到好友元稹等人的接济。

唐朝中后期，内有藩镇割据，外有吐蕃入侵，唐王朝的中央集权已日渐削弱，但仍供养着大量军队，再加上官吏、奸商的盘剥，农夫的负担之重、生活之苦，是可想而知的。居家的白居易亲眼目睹了“回观村闾间，十室八九贫”的惨状，感触颇深，于元和“八年十二月”写下了这首诗。

全诗可分为两大部分。“八年十二月”至“农者尤苦辛”为前一部分，写在北风如剑、大雪纷飞的寒冬，缺衣少被，夜不能眠的村民，痛苦地挣扎在死亡线上。“竹柏皆冻死”，说明这是一个不同寻常的严冬。“十室八九贫”，说衣不遮身的农民，只能靠烧蒿棘艰难度日。

“顾我当此日”至结束为后一部分，写诗人在寒冷的冬天深掩房门，有吃有穿，有好被子盖。既无挨饿受冻之苦，又无农田劳作之劳。诗人把自己的舒适与村民的痛苦进行对比，深感惭愧和内疚，不禁大发感慨：“自问是何人?”

在古典诗歌中，对比是一种常见的手法，将民众的贫困痛苦与统治者的骄奢淫逸加以对比的尤其多，这在《诗经》中就能见到。可是，以村民的困苦与自己的安逸作对比，并能“念彼深可愧，自问是何人”？却极难见到。诗人能有这种思想，实在是难能可贵的。在表现手法上，这首诗也体现了诗人所特有的通俗平易的艺术风格。

轻肥

意气骄满路[1]，
鞍马光照尘。
借问何为者，
人称是内臣[2]。
朱绂（fú）皆大夫[3]，
紫绶（shòu）或将军[4]。
夸赴军中宴，
走马去如云。
樽罍（léi）溢九酝[5]，
水陆罗八珍[6]。
果擘（bāi）洞庭橘[7]，
脍（kuài）切天池鳞[8]。
食饱心自若[9]，
酒酣气益振[10]。
是岁江南旱，
衢（qú）州人食人[11]！

注释

①“意气”，指意态神气，含有“了不起”的意味。此指宦官骄横跋扈的神态。

②“内臣”，本义是皇帝左右的近臣——被宠信的高级官僚，后来多用以指宦官。这里即是后一义。

③“朱绂”，是官僚系印（当时印是佩带的）或佩玉的丝织绳带，颜色因官级而不同。“朱绂”只有高级官员才能用，参看《唐书·舆服志》。

④“紫绶”，同上。

⑤“樽罍”，两种酒器。“九酝”，酿过多次的醇酒。

⑥“水陆”，指水中及陆上的各种产品，即常言所说的山珍海味。

⑦“果擘”，以手剥开果皮。“洞庭橘”，江苏太湖洞庭山上出产的橘子，质量好，又熟得早，很名贵。

⑧“脍”，将鱼肉等细切作菜，名为脍。“天池”，海的别称。“鳞”，此指海鱼。

⑨“自若”，心里悠然自得。

⑩“振”，意气昂扬。

⑪“衢州”，唐代州名，治所在今浙江衢州市。

赏析

诗题“轻肥”，取自《论语·雍也》中的“乘肥马，衣轻裘”，用以概括豪奢的生活。这首诗的矛头直指那些内外勾结、作威作福的宦官，绘出一幅内臣行乐图，寄寓着作者强烈的愤慨之情。

前四句巧妙地渲染气氛，让宦官亮相：大道上烟尘扬起，一队神态蛮横的骑马人飞驰而过。下四句道出这些人的身份，引出题意。路上所见并非寻常的宦官，而是操纵朝廷军政大权的要员。一个“夸”字，表露骄态；行马“如云”，表明赴宴者之多，也意味着膏脂暴殄之巨。这八句通过“夸赴军中宴”场面的描写，表现出宦官飞扬跋扈、不可一世的骄态，形象生动，色彩鲜明。

接下来六句则浓彩重抹，描写与宴者的吃相，展示出筵席场面：美酒四溢，珍品罗列，可谓集天下之奇珍，摆人间之美筵！对于这一切，诗人表面上似冷眼旁观，实际上忧心如焚，肝肠欲断。

以上十四句，淋漓尽致地描绘出内臣行乐的场面，已具有暴露意义。然而诗人的目光并未局限于此，笔锋陡然一转：在这些“大夫”、“将军”酒醉饭饱之时，江南正在发生“人食人”的惨象，进而把诗的思想意义提到一个新的高度。

全诗以简明的语言，描绘出两幅截然相反的图画。诗人不加任何评说，而是让读者通过鲜明的正反对比，得出应有的结论。这比直接发议论更有说服力，更能从感情上引起读者的共鸣。

买 花

帝城春欲暮[①]，
喧喧车马度[②]。
共道牡丹时[③]，
相随买花去。
贵贱无常价[④]，
酬（chóu）直看花数[⑤]。
灼灼百朵红[⑥]，
戋（jiān）戋五束素[⑦]。
上张幄（wò）幕庇[⑧]，
旁织笆篱护。
水洒复泥封，
移来色如故。
家家习为俗，
人人迷不悟。
有一田舍翁[⑨]，
偶来买花处。

低头独长叹，

此叹无人谕[⑩]。

一丛深色花，

十户中人赋[⑪]。

注释

①“帝城”，即京城。

②“喧喧”，指车马的嘈杂声。“度”，经过。

③“道”，谈论、称赞的意思。

④“无常价”，没有固定的价格，看当时的具体情况而定。

⑤“酬直”，买卖中的价格。“看花数”，看花的品种、数量等。“直”，同“值”。

⑥“灼灼”，此形容牡丹花颜色浓艳。

⑦“戋戋”，形容众多而堆积的样子。“五束素”，“素”，指精细洁白的绢。每束五匹，“五束”，即二十五匹绢。

⑧“张”，张盖。“幄幕”，帐篷。“庇”，遮盖。

⑨“田舍翁”，老农夫，庄稼汉。

⑩“谕”，同“喻”，有理解、知晓的意思。

⑪“中人赋”，中等人家一年的赋税。

赏析

在唐代，京都豪贵以赏玩牡丹为乐，见到名贵的，不惜用重金购买。与白居易同时的李肇在《唐国史补》中说：“京城贵族，尚牡丹三十余年矣。每春暮，车马若狂，以不耽玩为耻。执金吾铺言围外寺观，种以求利。”意思是说，京城中的豪贵喜爱牡丹已经三十多年了。每年暮春时节，大街小巷车马奔驰，像发狂一样，反把不及时玩乐视为羞耻的事。有的官员把寺院、道观围起来，种植牡丹，以求牟利。白居易对这一挥霍奢侈的现象十分痛心，写下了这首讽刺诗。诗以田舍翁的一声叹息作结，尖锐地反映了剥削者与被剥削者之间的矛盾。

开篇四句，写京城豪贵疯狂地赏玩牡丹的情景。起句交代地点和时间，“春欲暮”暗示牡丹花事正浓。农历三四月份，正是农村春事繁忙、青黄不接之时。可长安城里，却是烟花四飘，一片喧闹繁华景象。人们前呼后拥，争相购花。“喧喧车马度”，从听觉和视觉两个方面展示出购花的狂热情景。

接下四句直破题面，写卖花与买花之间的交易。牡丹花价，以品种论定，易得多见的便宜，难得罕见的昂贵。红花百朵的牡丹最为珍贵，因而价高惊人，一株价值竟相当于二十五匹帛。诗人看似在进行“市场调查”，有花价而无实物。实际上，就在诗人速描花市行情时，一场纷乱的高额买卖已成交。否则，车马之客就不会有“上张”四句描写的惜花护花的心情了。高明的是，作者略去了买花的细节，包括花种的名贵、花款的巨大，而用移花护花的谨小慎微来反照。这与笔下的牡丹一虚一实，互为映衬。

经过一番浏览之后，作者总结道：“家家习为俗，人人迷不悟。”同时表达出自己的感慨：贵族统治者只知挥霍，玩物丧志。一位来自乡下的“田舍翁”面对繁华世界，不禁低首叹息。这一声叹息，别人难喻，却激起作者的强烈共鸣。他深知，这位饱经沧桑的“田舍翁”的感受远比自己深切，其叹息声中更有悲郁沉痛的内涵，那就是“一丛深色花，十户中人赋”。“田舍翁”也许是作者虚构的人物形象，不过借他之口说出自己之言，从而使人信服。

这首讽喻诗以真切动人的笔触，运用对比手法，描绘出两幅对立的图景。一面是红男绿女，车马游乐；一面是布衣老人，孤苦伶仃。一面是一掷千金，一面是交纳沉重的赋税。这一尖锐的对比，鞭挞了骄奢的权贵，揭示出诗的主题，具有极强的感染力。

上阳白发人

上阳人[①]，
红颜暗老白发新[②]。
绿衣监使守宫门[③]，
一闭上阳多少春。
玄宗末岁初选入，
入时十六今六十。
同时采择百余人，
零落年深残此身。
忆昔吞悲别亲族，
扶入车中不教哭；
皆云入内便承恩，
脸似芙蓉胸似玉。
未容君王得见面，
已被杨妃遥侧目[④]。
妒令潜配上阳宫[⑤]，
一生遂向空房宿。

宿空房，秋夜长，
夜长无寐（mèi）天不明；
耿耿残灯背壁影，
萧萧暗雨打窗声。
春日迟，
日迟独坐天难暮；
宫莺百啭愁厌闻，
梁燕双栖老休妒。
莺归燕去长悄然，
春往秋来不记年。
唯向深宫望明月，
东西四五百回圆。
今日宫中年最老，
大家遥赐尚书号⑥。
小头鞋履窄衣裳⑦，
青黛点眉眉细长⑧；
外人不见见应笑，
天宝末年时世妆。
上阳人，
苦最多。

少亦苦，

老亦苦，

少苦老苦两如何？

君不见昔时吕向《美人赋》[⑨]；

又不见今日上阳白发歌！

注释

①“上阳”，指当时东都洛阳的皇帝行宫上阳宫。

②“红颜暗老”，指青春在不知不觉中消逝。

③“绿衣监使”，指管理宫中事务的太监。

④“侧目”，指遭杨玉环妒忌。

⑤“潜配”，这里指秘密地发配。

⑥“大家”，左右亲近的人对皇帝的一种尊敬的称呼。

⑦“尚书”，此为宫中女官的称呼。

⑧“青黛”，古代妇女用来画眉的青黑色石粉。

⑨“吕向《美人赋》”，作者自注：“天宝末，有密采艳色者，当时号花鸟使，吕向献《美人赋》以讽之。”吕向，在唐玄宗开元十年被召入翰林，兼集贤院校理。

赏析

这是一首著名的政治讽喻诗。白居易继承发展了《诗经》以来的现实主义传统，积极倡导新乐府运动，创作了《新乐府五十首》。这一典型组诗广泛而深刻地揭露了当时的弊政和社会不合理现象，表现了对民众苦难的深切同情，反映出作者比较进步的政治态度和思想观点。《上阳白发人》是其中的第七首。全诗主题明确单一。作者在诗中以哀怨同情、如泣如诉的笔调，描绘出上阳宫女“入时十六今六十”的一生遭遇，反映了无数宫女青春和幸福被葬送的残酷现实，从而有力地鞭挞了宫廷选妃制度的冷酷与罪恶。在客观效果上，具有揭露最高统治者荒淫纵欲、摧残女性的作用。如此深刻、尖锐的政治讽喻诗，在唐朝众多的宫怨题材的诗作中，是极为少见的。

开头八句，概括地写出上阳宫女凄惨的一生，道出主要内容，有统摄全篇的作用。接着转入对往事的追忆。“忆昔”四句，写上阳宫女当年离别亲人入宫时的悲恸场景。“未容”四句，写她入宫以后，被贵妃潜配上阳宫的悲惨命运。至此，这位年仅十六岁的妙龄少女，一生就这么葬送了。随后围绕着潜配上阳宫后的情景展开层层铺写。作者选择“秋夜”和“春日”两个典型时间，来概括上阳宫女数十个春秋的凄怨生活。写“秋夜”是“耿耿残灯”、“萧萧暗雨”等愁景；写“春日”，是“宫莺百啭”、“梁燕双栖”等乐景。愁乐交杂，相辅相成，以景衬情，既渲染了凄惨哀怨的悲剧气氛，又细致含蓄地反映出上阳宫女愁苦的心理。“莺归”四句，总写幽禁的时间之久。以下六句，以得赐号来描述其深锁冷宫、与世隔绝的老年境况，饱含辛酸凄苦，寄寓着对最高统治者的讽刺。

诗的尾声部分，用感叹的情调和讽喻的语词，写出诗人“救济人病，裨补时阙”的社会理想，表露出“惟歌生民病，愿得天子知”的良苦用心。此诗语言通俗浅易，具有民歌风格，在唐代以宫女为题材的诗歌中，堪称不可多得的佳作。

卖炭翁

卖炭翁，
伐薪烧炭南山中[①]。
满面尘灰烟火色，
两鬓苍苍十指黑。
卖炭得钱何所营[②]？
身上衣裳口中食。
可怜身上衣正单，
心忧炭贱愿天寒。
夜来城外一尺雪，
晓驾炭车辗冰辙[③]。
牛困人饥日已高，
市南门外泥中歇。
翩翩两骑来是谁[④]？
黄衣使者白衫儿[⑤]。
手把文书口称敕（chì）[⑥]，
回车叱（chì）牛牵向北[⑦]。

一车炭，千余斤，

宫使驱将惜不得[8]。

半匹红绡一丈绫，

系向牛头充炭直。

注释

①“南山”，终南山，在陕西省西安市南。

②“营”，谋求。

③“辗冰辙”，辗转于冰冻的道路上。

④“翩翩”，指风流倜傥。

⑤“黄衣使者”，穿黄衣的宦官。穿黄衣者品级较高。“白衫儿”，指宦官手下的爪牙。

⑥“敕”，皇帝的命令。

⑦“牵向北”，炭车歇于南市，宫廷在长安城北。

⑧“驱将”，驱赶。

赏析

《卖炭翁》是《新乐府五十首》中的第三十二首。题下自注曰：“苦宫市也。”宫市，是唐代帝王直接掠夺民财的一种最无赖、最残酷的方式。宫廷的日用品，由官府向民间采购，在宫中设集市，以方便皇帝、后妃和宫女们游逛。至唐德宗时，改由太监任“宫市使”，直接采办。宫里经常出动数百人到长安热闹的市场，看到所需物品便拿，只付给十分可怜的一点钱。有时任意抢掠；更有甚者，不仅不给货主钱，还要向货主勒索“进奉”的“门户钱”和“脚价钱”，这就是所谓的“宫市”。长安市民对官市畏之如虎，恨之入骨，但敢怒而不敢言。于是，白居易愤然写下这首诗。

全诗通过卖炭翁伐薪烧炭、雪天卖炭、宫市抢掠其炭的典型事件，有力地揭露了宫市这一弊政给民众带来的痛苦，反映了民众的悲惨遭遇，表达了作者对“宫市”的愤懑和对民众的同情。在客观上具有控诉、鞭挞最高统治者的作用。

全诗可分为三大部分。

开篇至“身上衣裳口中食”为第一部分，概括地介绍卖炭翁。一、二两句点明卖炭翁的谋生职业；三、四两句描绘出卖炭翁的外貌，由其外貌，可见其辛劳与贫困；五、六两句运用问答的方式，道出卖炭翁不辞辛苦、伐薪烧炭及卖炭的目的。如此繁重的劳动，只是为了维持最低的生活水平。这一段描绘了一个挣扎在死亡边缘的卖炭老人的形象，着墨不多，然而触目惊心，读后令人顿生怜悯之心。

“可怜身上衣正单”至“市南门外泥中歇”为第二部分，写卖炭翁赶车卖炭的情景。“衣正单”却“愿天寒”，这一看似矛盾的心理在“忧炭贱”上得到了统一，同时道出这车炭对卖炭老人是何等重要！老人为了能卖一个好价钱，一大清早就驾车在铺冰堆雪的小路上往长安城里赶。路途艰难，卖炭老人在被过往行人践踏得十分泥泞的闹市区歇息，寻找买主，思考着卖价。这一段，通过对卖炭老人衣单盼天寒矛盾心理的描述，为下一段的悲剧来临作好了铺垫。

“翩翩两骑来是谁”至结尾为第三部分，写炭车被掠夺的经过。“翩翩两骑”，一个“黄衣使者”，一个“白衫儿”，何等尊贵，何等威风！手挥文书，口喊“皇帝有诏”，那派头定然是不

可一世的！“回车叱牛牵向北”，这“一车炭，千余斤”仅仅换来“半匹红绡一丈绫”，是什么朝廷，什么官市，简直是土匪，是强盗！眼睁睁地看着用血汗换来的劳动成果被抢走，卖炭翁怎能不肝胆欲裂？但又无可奈何。生路断绝了，今后他的命运将会如何？诗中虽然未作明确交待，但其结局是可想而知的。

夜　雪

已讶[①]衾（qīn）[②]枕冷，
复见窗户明。
夜深知雪重，
时闻折竹声[③]。

注释

①“讶”，诧异，惊讶。

②“衾”，被子。

③“时”，此指偶尔，断续。

赏析

在大自然众多的产儿中，雪可谓得天独厚。她以洁白晶莹的天生丽质，装点关山的神奇本领，赢得了历代文人骚客的赞美。在令人目不暇接的咏雪诗中，白居易的这首《夜雪》看似不显眼，实则新颖别致，立意不俗。

雪无声无嗅，人们只能从色、形、态、量等方面来见其分别，状其所在，这就对写雪者平添了几许限制，尤其写夜间之雪，颇有难度。白居易避开人们常用的正面描写的手法，通过侧面烘托，生动传神地勾画出一幅夜雪图。

“已讶衾枕冷”，从感觉上点出夜雪之大。有过这方面生活经验的人都知道，临下雪前或刚下雪时，人们的感觉是“暖”，而不是“冷”。待雪下到一定程度，人们才会有冷的感觉。“衾枕冷”，既说明落雪已久，又道出夜已深沉。“复见窗户明”，从人的视觉角度点明雪之大。在深夜里，尤其是冬季里的深夜，给人的视觉感是一片漆黑，而现在窗户上却出现光亮，于是作者知道发生了什么事。“夜深知雪重”，从感觉、视觉、生活经验等方面来写。作者已知“雪重”，可是到底“重”到什么程度呢？“时闻折竹声”，连竹枝都被大雪给压断了。

全诗诗境平易，浑然一体，看不出一点雕琢的痕迹，反映了白居易所特有的创作风格。

长恨歌

汉皇重色思倾国[①]，
御宇多年求不得[②]。
杨家有女初长成[③]，
养在深闺人未识。
天生丽质难自弃，
一朝选在君王侧。
回眸一笑百媚生，
六宫粉黛无颜色[④]。
春寒赐浴华清池[⑤]，
温泉水滑洗凝脂[⑥]。
侍儿扶起娇无力，
始是新承恩泽时[⑦]。
云鬓花颜金步摇[⑧]，
芙蓉帐暖度春宵。
春宵苦短日高起，

从此君王不早朝。
承欢侍宴无闲暇，
春从春游夜专夜。
后宫佳丽三千人，
三千宠爱在一身。
金屋妆成娇侍夜，
玉楼宴罢醉和春。
姊妹弟兄皆列土⑨，
可怜光彩生门户⑩。
遂令天下父母心，
不重生男重生女。
骊（lí）宫高处入青云⑪，
仙乐风飘处处闻。
缓歌慢舞凝丝竹⑫，
尽日君王看不足。
渔阳鼙（pí）鼓动地来⑬，
惊破霓（ní）裳羽衣曲⑭。
九重城阙烟尘生⑮，
千乘万骑西南行⑯。

翠华摇摇行复止[17]，
西出都门百余里。
六军不发无奈何[18]，
宛转蛾眉马前死[19]。
花钿（diàn）委地无人收[20]，
翠翘金雀玉搔头[21]。
君王掩面救不得，
回看血泪相和流。
黄埃散漫风萧索，
云栈萦纡（yū）登剑阁[22]。
峨眉山下少人行[23]，
旌（jīng）旗无光日色薄。
蜀江水碧蜀山青，
圣主朝朝暮暮情[24]。
行宫见月伤心色[25]，
夜雨闻铃肠断声[26]。
天旋地转回龙驭（yù）[27]，
到此踌躇不能去[28]。
马嵬（wéi）坡下泥土中[29]，

不见玉颜空死处[30]。
君臣相顾尽沾衣，
东望都门信马归。
归来池苑皆依旧，
太液芙蓉未央柳[31]。
芙蓉如面柳如眉，
对此如何不泪垂？
春风桃李花开日，
秋雨梧桐叶落时。
西宫南内多秋草[32]。
落叶满阶红不扫。
梨园弟子白发新[33]，
椒房阿监青娥老[34]。
夕殿萤飞思悄然[35]，
孤灯挑尽未成眠[36]。
迟迟钟鼓初长夜，
耿耿星河欲曙天[37]。
鸳鸯瓦冷霜华重[38]，
翡翠衾寒谁与共[39]？

悠悠生死别经年，

魂魄不曾来入梦[40]。

临邛（qióng）道士鸿都客[41]，

能以精诚致魂魄。

为感君王展转思[42]，

遂教方士殷勤觅[43]。

排空驭气奔如电，

升天入地求之遍。

上穷碧落下黄泉[44]，

两处茫茫皆不见。

忽闻海上有仙山，

山在虚无缥渺间。

楼阁玲珑五云起[45]，

其中绰约多仙子[46]。

中有一人字太真，

雪肤花貌参差是[47]。

金阙（què）西厢叩玉扃[48]，

转教小玉报双成[49]。

闻道汉家天子使，

九华帐里梦魂惊[50]。

揽衣推枕起徘徊[51]，

珠箔（bó）银屏逦（yǐ）逦（lǐ）开[52]。

云髻半偏新睡觉[53]，

花冠不整下堂来。

风吹仙袂（mèi）飘飘举[54]，

犹似霓裳羽衣舞。

玉容寂寞泪阑干[55]，

梨花一枝春带雨。

含情凝睇谢君王，

一别音容两渺茫。

昭阳殿里恩爱绝[56]，

蓬莱宫中日月长[57]。

回头下望人寰（huán）处，

不见长安见尘雾。

唯将旧物表深情[58]，

钿合金钗寄将去[59]。

钗留一股合一扇[60]，

钗擘黄金合分钿[61]。

但教心似金钿坚，
天上人间会相见。
临别殷勤重寄词，
词中有誓两心知。
七月七日长生殿[62]，
夜半无人私语时。
在天愿作比翼鸟[63]，
在地愿为连理枝[64]。
天长地久有时尽[65]，
此恨绵绵无绝期[66]。

注释

①“汉皇”，指汉武帝刘彻，这里借指唐玄宗。“倾国”，李延年对汉武帝唱了一首歌，赞美佳人（暗指自己的妹妹——李夫人）的美貌，唱道：“北方有佳人，绝世而独立；一顾倾人城，再顾倾人国。宁不知倾国与倾城？佳人难再得!”（见《汉书·外戚传》）后“倾城倾国”遂成为形容美女的常用词。

②“御宇”，做皇帝统治全国。

③“杨家有女”，此句说的是杨贵妃。杨贵妃小名玉环，蒲州永乐（今山西芮城）人，早孤，为其叔父所收养。其事迹见新、旧《唐书·后妃传》。

④“六宫”，后妃居住的地方。“粉黛”，此为妇女的代称。“无颜色”，意指六宫嫔妃与杨玉环相比皆失去了美色。

⑤“华清池”，在今陕西临潼的骊山上，是华清宫的温泉浴池。

⑥“凝脂”，此代指细腻白净的皮肤。

⑦“承恩泽”，得到皇帝的宠爱。

⑧“步摇”，首饰品。

⑨“姊妹兄弟”，指杨玉环一家。“列土”，封给一定的地盘。

⑩“可怜”，可羡慕。

⑪“骊宫”，指骊山华清宫。

⑫“凝丝竹”，指管弦乐器演奏和谐。

⑬“渔阳”，今河南蓟县、平谷一带。“鼙鼓”，骑兵用的小鼓。

⑭“《霓裳羽衣曲》”，著名舞曲名。

⑮“九重城阙”，指京都长安。“烟尘生”，战云突起，此处指安史之乱。

⑯“千乘万骑”，此为泛指，言皇帝逃离京城时的混乱之状。“西南行”，指唐玄宗离长安向西南而逃往蜀地避难。

⑰“翠华”，指皇帝仪仗队的旗帜。

⑱“六军”，指皇帝的军队。

⑲“宛转”，辗转。“蛾眉”，指杨玉环。

⑳“花钿”，嵌有金花的首饰。

㉑“翠翘”，首饰名。“金雀”，雀形的首饰。“玉搔头”，玉簪。

㉒“云栈”，高入云端的栈道。“萦纡”，萦回曲折。“剑阁”，在今四川剑阁北。

㉓“峨眉山”，此泛指蜀中之山。

㉔“圣主”，指唐玄宗。

㉕“行宫”，天子外出时的住所。

㉖“夜雨闻铃”，据《杨太真外传》载：“至斜谷口，属铃雨涉旬，于栈道雨中闻铃声，隔山相应，上（明皇）既悼念贵妃，因采其声为《雨淋铃曲》，以寄恨焉。”

㉗“天旋地转”，指唐王朝平息安史之乱，收复长安，局势改变。“回龙

驭”，指唐玄宗自蜀地返还。

㉘“此”，指马嵬坡杨玉环受死处。

㉙“马嵬坡”，在今陕西兴平县西。

㉚“玉颜”，指杨贵妃。“空死处”，空留死的地方。

㉛“太液”，池名，在大明宫内。“未央”，宫名，毁于唐末。

㉜“西宫南内”，唐以兴庆宫为南内，以太极宫为西内。

㉝“梨园弟子”，宋代程大昌《雍录》卷九载：“开元二年，置教坊于蓬莱宫，上（玄宗）自教法曲，谓之梨园弟子。至天宝中，即东宫置春北苑，命宫女数百人为梨园弟子。”

㉞“椒房”，指皇后居住的宫殿。“阿监”，宫中的女监。“青娥”，宫女。

㉟“悄然”，忧愁不语的样子。

㊱“孤灯挑尽”，为使油灯明亮，需不时地挑灯芯，直至将灯芯燃尽。

㊲“耿耿”，微明的样子。“星河”，银河。“欲曙天”，天快要亮了。

㊳“鸳鸯瓦”，即阴阳瓦，两片瓦一俯一仰搭配成对。“霜华重”，指冷霜厚重。

㊴“翡翠衾”，用翡翠羽毛装饰的被子。

㊵“魂魄”，指杨玉环的亡魂。

㊶“临邛”，今四川省邛崃市。“鸿都”，此代指长安。

㊷“展转”，翻来覆去睡不着的样子。

㊸“方士”，讲求仙、服药以求长生不老的术士，此即指临邛道士。

㊹“穷”，找遍。“碧落”，道家对天界的说法。

㊺“五云”，五色的彩云。

㊻“绰约”，体态柔美的样子。“仙子”，仙女。

㊼“参差”，仿佛。

㊽“扃”，门户。

㊾“小玉”，仙妇名。本是吴王夫差的女儿，此指杨太真在仙境中的侍

女。“双成”，即董双成。相传是西王母的侍女，此亦指杨太真在仙境的侍女。

㊿“九华帐”，装饰极华美的帐子。

(51)“揽衣”，把衣服披在身上。

(52)“珠箔”，用珠子缀成的帘子。“银屏”，镶嵌银花的屏风。“迤逦”，连接不断。

(53)“睡觉”，睡醒。

(54)“仙袂”，指杨玉环的衣袖。

(55)“阑干”，形容泪水纵横流淌。

(56)“昭阳殿”，此借指唐宫。

(57)“蓬莱宫”，传说中东海有蓬莱、方丈、瀛洲三神山，山上有仙人宫室，皆用金玉做成。

(58)“旧物”，指唐玄宗与杨玉环的定情之物。

(59)“钿合金钗”，用珠宝镶嵌的金盒里面装着金钗首饰，即前句说的“旧物”。

(60)“钗留一股合一扇”，钗有两股，盒有两爿，寄一留一。

(61)“钗擘黄金”，把金钗分开。“合分钿”，把镶金花的盒子分作两半。

(62)“长生殿”，在骊山华清宫内。

(63)“比翼鸟”，相传产于南方的一种鸟，翼翼相比，不比不飞。

(64)“连理枝”，不同根生而枝干结合在一起的树。

(65)“有时尽”，有结束的时候。

(66)“绵绵”，长久不绝的样子。

赏析

唐宪宗元和元年，白居易由校书郎改任县尉。在此期间，他与好友陈鸿、王质夫等一起到仙游寺游览，有感于唐玄宗和杨贵妃的故事，写下了这首脍炙人口的名篇。

关于唐玄宗和杨贵妃的故事，安史之乱后就在民间广为流传，情节不断丰富。白居易则将有关史实、民间传说及艺术虚构结合起来，以浓郁的抒情笔调，第一次完整地叙述了李、杨爱情悲剧故事的始末。

《长恨歌》，顾名思义就是歌“长恨”，“长恨”是诗歌的主题、故事的焦点。然而，“恨”什么，为什么要“长恨”，作者不是直接铺叙、抒写出来，而是通过他笔下诗化的故事，一层一层地展示给读者，使读者最终明白：此“长恨”乃是因“在天愿作比翼鸟，在地愿为连理枝”这一美好愿望和理想爱情未能实现引起。

全诗可分为两大部分。

前一部分从“汉皇重色思倾国”至“惊破霓裳羽衣曲”，主要写造成爱情悲剧的原因。唐玄宗原是一个励精图治的皇帝，开元年间任用贤臣能人，国家空前繁荣，史称“开元盛世”。但他久安思逸，寄情声色，松弛朝纲，信任奸臣，导致了长达八年之久的安史之乱。这是国家的悲剧，也是李隆基和杨玉环的爱情悲剧。天宝四年（745），唐玄宗李隆基对杨玉环恩宠有加，封其为贵妃。于是，“后宫佳丽三千人，三千宠爱于一身”，“从此君王不早朝”，唐玄宗和杨贵妃终日寻欢作乐，感情与日俱增，达到了难解难分的程度。爱之深刻，恨之长久。唐玄宗宠爱杨贵妃，情有独钟，贪图男欢女爱，不理朝政，终致安史之乱，为自己挖掘了爱情坟墓。

后一部分从“九重城阙烟尘生”至结尾，着重渲染了唐玄宗与杨玉环刻骨铭心的爱情。这一部分描写了马嵬坡事变、见月伤心、闻铃肠断、相顾沾衣、信马归都、对景垂泪、长夜难眠、情感道士、仙山访晤、七夕盟誓、恨无尽期等层次，并层层深入地描写了唐玄宗对杨贵妃的强烈思念之情，充满了浪漫主义的色彩。

安史之乱爆发后，逃亡途中又遇马嵬坡事变。在唐玄宗奔蜀途中，但见萧瑟的寒风卷起漫天的黄埃，栈道曲折直入云天，高山险峻不见行人。行宫里，孤寂的唐玄宗独自对着凄凉的寒月；夜雨中，雨敲铃声如泣如诉，唐玄宗几欲肠断……失去了真挚爱情的唐玄宗，甚至比失去皇帝宝座还要伤感。在这里，作者通过景物描写来渲染唐玄宗对杨贵妃的思念。或以哀景烘托哀情，或以美景（“蜀江水碧蜀山青”）反衬哀情。感情、景物、事件水乳交融，淋漓尽致地描写出至真至美的相思之情。

安史之乱平定后，唐玄宗从蜀地返还京都长安。途中的一景一物，无不勾起他辛酸的回忆。马嵬坡，这个令唐玄宗刻骨铭心的地方，给他留下的是悲哀的记忆。

京都长安到了，但佳人已逝，物是人非，见景伤情，唐玄宗对杨贵妃的思念愈深愈苦，于是寄希望于梦中相见，偏偏“魂魄不曾来入梦”，只有到仙界去寻找，找到的是什么呢？“天长地久有时尽，此恨绵绵无绝期!”这就是一代皇帝的爱情归宿，是特定环境特定爱情的悲凉挽歌。

南湖早春

风回云断雨初晴①，
返照湖边暖复明②。
乱点碎红山杏发③，
平铺新绿水蘋（pín）生。
翅低白雁飞仍重④，
舌涩黄鹂语未成⑤。
不道江南春不好，
年年衰病减心情。

注释

①“风回”，春风回返大地。“云断”，云被风吹散。

②“返照”，阳光重新照射。

③“乱点碎红”，指杏树枝头上雨后初发的杏花。

④“翅低”，飞得很低。“白雁”，湖边的白鸥。

⑤“舌涩”，指言语不流利。

赏析

唐宪宗元和十年（815），节度使李师道派刺客杀死宰相武元衡，刺伤御史裴度。此事震动了长安，可是当权者却迟迟不作处理。白居易急切上书，奏请从速捕贼正法，结果得罪了权贵，被贬为江州（今江西九江）司马。到任后，白居易游览了鄱阳湖。鄱阳湖有南湖和北湖之分，以庐山附近的星子县为界，界南为南湖，界北为北湖。白居易的这首《南湖早春》，写的就是南鄱阳湖的景色。诗中描写了南湖明丽动人的早春风光，并借以寄托作者抑郁愤懑、凄戚悲伤的情怀。

首联描写了初春的各种景物：连绵的冬雨过后，春风悄悄地回到人间，吹散浓密的愁云，带来和煦的阳光。阳光照射着静静的南湖，一切都显得那么美好。颔联写初发的杏花，星星点点；湖面上新生的水草绿叶，一片青翠。此联对仗精工，清丽自然。“乱点碎红”与“平铺新绿”，偶对天成，形象鲜明。一“点”一“铺”，一“红”一“绿”，对立相生，极富诗味。尤其“乱点碎红”四字，无一字不情趣盎然，最能体现诗人观察的细致与技巧的成熟。而“发”与“生”的取用，生动地表现了植物的动态与静态。颔联写静态的植物，颈联则描摹动物的情态。白雁羽翅淋雨未干，飞得很低，仍觉得双翅沉重吃力。写“黄鹂”则更切合“早春”，经冬后初发的啼鸣声尚有“舌涩”之感。

湖光水色，一切都显露出生机和活力。在这迷人的佳境中，诗人自当缓步湖畔，尽情赏春，但他却出人意料地感叹：“不道江南春不好，年年衰病减心情。”原因何在？原来作者蒙冤被贬，贬后的愤懑加上江州生活的孤寂凄苦，一直萦绕在他的心头。由此可见，“减心情”的原因，固然是由于“年年衰病”，但更主要的还是政治上遭遇挫折。按常理，此情应以萧条冷落之景来表达。但诗人一反常例，采用“反衬”手法，着力描绘春景的无限美好，借以衬托被贬的哀伤之情。春景越美，愤懑愈深，悲伤愈切。

全诗在写景状物时，善于抓住特征，令读者感受到早春的气息，早春的色彩，早春的声音，一切都具有早春的特点。另外，意境的清丽，风格的朴实，以及选词用字的精妙浑成，都是这首诗的显著特点。

游襄阳怀孟浩然[①]

楚山碧岩岩[②]，

汉水碧汤（shāng）汤[③]；

秀气结成象[④]，

孟氏之文章[⑤]。

今我讽遗文[⑥]，

思人至其乡；

清风无人继[⑦]，

日暮空襄阳[⑧]。

南望鹿门山[⑨]，

蔼（ǎi）若有余芳[⑩]；

旧隐不知处[⑪]，

云深树苍苍[⑫]。

注释

①“孟浩然（689—740）”，襄阳人，世称孟襄阳，是与李白、杜甫同时而年岁较长的大诗人。一生未做过官，隐居在襄阳鹿门山中，擅长写山水田园诗，风格与王维相近，并称“王孟”，作品有《孟浩然集》三卷。李白、

杜甫等都钦佩他的诗歌和人品，写过许多赞扬他的诗。如李白在《赠孟浩然》诗中说："吾爱孟夫子，风流天下闻。"杜甫在《解闷》诗中说："复忆襄阳孟浩然，清诗句句尽堪传。"新、旧《唐书》均有传。

②"楚山"，这里指襄阳附近的山，如凤山、鹿门山等，因为襄阳古属楚国，故称楚山。"岩岩"，高峻的样子。

③"汉水"，流经襄阳附近。"汤汤"，水大流急的样子。

④"象"，形体，形象。这句极力推崇孟氏的作品，以为是由山川秀气凝结而成。

⑤"文章"，这里指孟氏的诗歌。古代的诗、文都可以称为文章。

⑥"讽"，诵读。"遗文"，遗留下来的诗歌。孟氏死后不久，友人王士源收集他的诗计二百一十八首，分为三卷。现存有《孟浩然集》。

⑦"清风"，洁净高尚的风格。这里兼指诗人的人格和诗歌的风格。

⑧这句是说只留下一个暮下的襄阳。意思是什么也没留下。这是作者对诗人身后所遭到的冷落表示的叹惋。

⑨"鹿门山"，在襄阳城东南，是孟氏的早年隐居处。孟氏有《夜归鹿门山歌》等诗描写隐居生活。

⑩"蔼若"，树木繁茂的样子。

⑪"处"，这里指孟氏的旧居。

⑫"苍苍"，树木浓密茂盛的样子。

赏析

这首诗大约作于唐德宗贞元十年（794）。作者先从孟浩然的诗歌着笔：楚山、汉水的"灵气"，凝结成孟浩然笔下的艺术形象。前四句用简洁的画面揭示出孟浩然山水诗的艺术特色。接下来两句写诵读孟诗而感怀其人，由感怀其人而至其家乡，点明了题中"游襄阳"的原因。以下几句专写"怀念孟浩然"。不管怎样思其人而至其乡，那里依然是"楚山碧岩岩，汉水碧汤汤"，再没有人能把“秀气结成象”了！因而用“清风无人继，日暮空襄阳”来抒发对孟浩然的怀念之情。很显然，作者对孟浩然诗的风格是赞赏的。用一个“秀”字和一个“清”字，概括出孟浩然山水诗的风格特点。

琵琶行并序

元和十年[1]，予左迁[2]九江郡[3]司马[4]。明年秋，送客湓浦[5]口，闻舟中夜弹琵琶者，听其音，铮铮然[6]有京都声[7]。问其人，本长安倡女[8]，尝学琵琶于穆、曹二善才[9]。年长色衰，委身为贾人[10]妇。遂命酒，使快弹数曲，曲罢悯然[11]。自叙少小时欢乐事，今漂沦憔悴，转徙[12]于江湖间。予出官[13]二年，恬然[14]自安，感斯人[15]言，是夕始觉有迁谪[16]意。因为长句，歌以赠之，凡六百一十六言，命曰《琵琶行》。

浔（xún）阳江头夜送客[17]，

枫叶荻花秋瑟瑟[18]。

主人下马客在船，

举酒欲饮无管弦。

醉不成欢惨将别，

别时茫茫江浸月[19]。

忽闻水上琵琶声，

主人忘归客不发。

寻声暗问弹者谁？

琵琶声停欲语迟。
移船相近邀相见，
添酒回灯重开宴[20]。
千呼万唤始出来，
犹抱琵琶半遮面。
转轴拨弦三两声[21]，
未成曲调先有情。
弦弦掩抑声声思[22]，
似诉平生不得志。
低眉信手续续弹[23]，
说尽心中无限事。
轻拢慢捻抹复挑[24]，
初为《霓裳》后《六幺》[25]。
大弦嘈嘈如急雨[26]，
小弦切切如私语[27]。
嘈嘈切切错杂弹，
大珠小珠落玉盘。
间关莺语花底滑[28]，
幽咽泉流冰下难[29]。

冰泉冷涩弦凝绝，
凝绝不通声渐歇。
别有幽愁暗恨生[30]，
此时无声胜有声。
银瓶乍破水浆迸[31]，
铁骑突出刀枪鸣[32]。
曲终收拨当心画[33]，
四弦一声如裂帛[34]。
东船西舫悄无言，
唯见江心秋月白。
沉吟放拨插弦中，
整顿衣裳起敛容[35]。
自言本是京城女，
家在虾蟆陵下住[36]。
十三学得琵琶成，
名属教坊第一部[37]。
曲罢曾教善才伏，
妆成每被秋娘妒[38]。
五陵年少争缠头[39]，

一曲红绡（xiāo）不知数[40]。
钿头云篦击节碎[41]，
血色罗裙翻酒污[42]。
今年欢笑复明年，
秋月春风等闲度。
弟走从军阿姨死，
暮去朝来颜色故[43]。
门前冷落车马稀，
老大嫁作商人妇。
商人重利轻别离，
前月浮梁买茶去[44]。
去来江口守空船[45]，
绕船月明江水寒。
夜深忽梦少年事，
梦啼妆泪红阑干[46]。
我闻琵琶已叹息，
又闻此语重唧唧[47]。
同是天涯沦落人[48]，
相逢何必曾相识！

我从去年辞帝京[49]，
谪居卧病浔阳城。
浔阳地僻无音乐[50]，
终岁不闻丝竹声[51]。
住近湓江地低湿，
黄芦苦竹绕宅生。
其间旦暮闻何物[52]？
杜鹃啼血猿哀鸣。
春江花朝秋月夜[53]，
往往取酒还独倾[54]。
岂无山歌与村笛，
呕哑嘲哳（zhā）难为听[55]。
今夜闻君琵琶语，
如听仙乐耳暂明。
莫辞更坐弹一曲[56]，
为君翻作《琵琶行》[57]。
感我此言良久立，
却坐促弦弦转急[58]。
凄凄不似向前声[59]，

满座重闻皆掩泣。

座中泣下谁最多？

江州司马青衫湿[60]。

注释

①“元和十年”，即公元815年，唐宪宗李纯的年号。

②“左迁”，降职。

③“九江郡”，隋郡名，唐天宝元年（742）改为浔阳郡，在今江西九江。

④“司马”，官名，州刺史的副职，掌管军事。但唐代的司马已成为闲职，多用以安排贬谪的京官，白居易就担任这样的闲职。

⑤“湓浦”，在今江西九江湓水入江处。

⑥“铮铮然”，形容琵琶声音的铿锵清脆。

⑦“京都声”，指长安当时的流行乐。

⑧“倡女”，即乐伎。

⑨“善才”，唐代乐师的美称。

⑩“贾人”，商人。

⑪“悯然”，忧伤的样子。

⑫“转徙”，辗转迁移。

⑬“出官”，由京官贬为地方官。

⑭“恬然”，平静悠闲的样子。

⑮“斯人”，此人，指弹琵琶的商人妇。

⑯“谪”，被贬官。

⑰“浔阳江”，长江的一段，在今江西九江北。

⑱“瑟瑟”，风吹草木声。

⑲“浸月”，月光浸入水中。

⑳“回灯”，重新将灯拨亮。

㉑“转轴拨弦”，指弹奏前定弦的动作。

㉒“掩抑”，指演奏者用掩抑的手法，使弦声低沉。

㉓“信手”，随手，指其技巧娴熟。

㉔“拢”，用左手扣弦。“捻”，用左手揉弦。“抹”，用右手顺手下拨。“挑”，用右手反手回拨。拢、抹、捻、挑都是弹奏琵琶的指法。

㉕“霓裳”，即《霓裳羽衣曲》。“六幺”，亦称录要、绿腰，当时京城流行的曲调。

㉖“大弦”，琵琶有四根弦，粗细不同。大弦指粗弦，亦称老弦。“嘈嘈”，形容声音沉重宏大。

㉗“小弦”，指细弦。“切切”，形容声音幽细紧密。

㉘“间关”，黄莺的鸣叫声。“滑”，指乐声流畅轻快。

㉙“幽咽”，幽细呜咽的哭泣声，此形容泉水流动声。“冰下难”，水流不畅，形容琵琶声音低沉缓慢。

㉚“幽愁暗恨”，隐藏在内心深处的愁和恨。

㉛“银瓶”，古代盛水的器具。“乍破”，突然破裂。“迸”，喷射。

㉜“铁骑”，强悍的骑兵，此形容乐声雄壮激越。

㉝“拨”，拨弦的工具。“当心画”，用拨子在琵琶的中部划过四弦，借以结束全曲。

㉞“裂帛”，撕裂丝帛，此形容声音尖厉。

㉟“敛容”，恭敬严肃的表情。

㊱“虾蟆陵”，即下马陵，在长安城东南。

㊲“教坊”，唐代掌管乐伎、教练歌舞的官署。

㊳“秋娘”，此指当时长安的著名歌伎。

㊴“五陵年少”，指长安富贵人家的子弟。“缠头”，当时歌、舞伎演奏完毕，多以绫、帛之类为赠，时称缠头彩。

㊵“绡”，用生丝织成的丝织品。

㊶“钿头云篦”，镶嵌金玉珠宝的云形发卡，是一种高贵的头饰。钿，用金银玉石之类镶嵌的器物。“击节”，打拍子。

㊷“血色”，鲜红色。

㊸“颜色故”，容颜衰老。

㊹“浮梁”，即今江西景德镇。当时是著名的茶叶集散地。

㊺“去来”，走了以后。“来”，语气词。

㊻“阑干”，纵横的样子。

㊼“唧唧”，叹息声。

㊽“沦落”，沉沦失意的样子。

㊾“帝京”，指京都长安。

㊿“地僻”，偏远，小地方。

51“丝竹”，此泛指音乐。

52“旦暮”，从早到晚。

53“花朝”，花开的早晨。

54“独倾”，自斟自饮。

55“呕哑嘲哳”，形容声音极为难听。“难为听”，难以听下去。

56“莫辞”，不要推辞。“更坐”，重新坐下。

57“翻作”，按曲调写成歌词。

58“却坐”，退回原坐。“促弦”，拧紧拨弦。

59“向前”，刚才。

60“青衫”，唐代官员品极最低的服饰。白居易被贬为江州司马，官阶为将仕郎，从九品，故穿青色的官服。

赏析

《琵琶行》是白居易的长篇叙事诗，写在江州司马任上，收入感伤诗中。白居易是一位伟大的现实主义诗人，曾在朝廷作官，敢于揭露当权者的罪恶和朝廷的弊政，希望皇帝革除弊端，减轻民众疾苦，因此得罪权贵，遭受排挤，由谏官转而担任太子左赞善大夫，这是一个闲职。唐宪宗元和十年（815），宰相武元衡被暗杀，裴度被刺伤。白居易对此十分气愤，首先上书皇帝，要求捉拿凶手。权贵说他越职言事，并趁机造谣，结果他被定上“越职言事”的罪名，贬为江州司马。江州司马是州官的副职，没有实权。白居易对此深感不平。一次他在江头送客，偶然间遇到沦落为商人妇的琵琶女，听了她的琵琶曲，了解到她的身世，感伤自己的遭遇，与琵琶女在沦落中结为知己，并写下了这一千古名篇。

全诗可分为四个段落。

第一段由开头至“犹抱琵琶半遮面”，写江边送客，偶遇琵琶女。作者先用六句诗写秋夜和在浔阳江头送客。明月初升，秋风萧瑟，经霜而变红的枫叶，秋后随风飘飘的荻花，这是对环境的描写。随后点出琵琶声，先声夺人，打破了“醉不成欢惨将别”的凄凉寂寞场面。琵琶声使“主人忘归客不发”，沉浸在优美的乐曲声中，用衬托的方式让读者领悟到琵琶女的绝技。为此主、客寻声暗问，急于要见琵琶女。琵琶女自遣愁思的乐声停止，对询问感到意外，欲语又止，行动迟疑。主人移船相请，添酒张灯，千请万邀，琵琶女终被知音者的诚心所感动，“犹抱琵琶半掩面”地走了出来。因自伤身世，不愿重温这种场面；盛情难却，才勉强地走了出来。对女主人公的出场，作者作了精心设计，层层布置，水到渠成，显示出女主人公的不凡，也表现了主人对琵琶女的尊重和殷切求见的心情。

第二段由“转轴拨弦三两声”开始至“唯见江心秋月白”，写琵琶女演奏的情景，着重描写了她的高超技艺。这一段作者用工笔精细描绘。先写转轴定弦的动作，音校准，调定好，是演奏的首要条件，在试音时就已经有情了。弹奏时，弦声低沉哀怨，好像在诉说平生。作者是懂音律的，乐曲刚开始，不好断然下结论，而是在乐音所反映的情调中仔细琢磨。琵琶女低眉信手弹奏乐曲，全神贯注，技艺纯熟；一方面是用音乐倾吐内心惆怅，声情融合为一。接下两句写指法和曲调名，再过渡到具体描写：大弦的声音，小弦的声音，大弦小弦交错和鸣的声音，作者用形象的比喻和模拟声音的方法来表现，让人可感可知。急雨、私语、大珠小珠落玉盘，这些比喻都十分贴切，准确地反映出曲调的变化和演奏者的情感。此外，作者还用以声状声的手法再现乐曲声音。用文字描绘乐声是一件很难的事，作者写起来却显得那么轻松。用“间关莺语花底滑，幽咽泉流冰下难”描写乐声，新奇独特。花间莺语，状声音的婉转流利，又是从花底滑出；泉流冰下难，声音缓慢而低沉，受阻如咽。随后转入声音暂绝，乐声虽断而意未断，可谓此时无声胜有声。

第三段由“沉吟放拨插弦中”至“梦啼妆泪红阑干”，写琵琶女自述身世遭遇。先写她放拨插弦的结束动作，整顿衣裳，面容肃然。作者了解到她的不幸，因而问及身世。她自述来自京城，出身歌伎家，美貌过秋娘。五陵豪门子弟竞相追逐，所得财物无数，生活豪华放纵。待人老珠黄，无人过问，无奈嫁作商人妇。商人不懂音律，不重感情，只重财利。留她在江口独守空船，以明月江水为伴，夜深梦温少年旧事，泪落如雨。这一段记叙文字是对第二段乐曲声的说明。

第四段由“我闻琵琶已叹息”句至结尾，主要是抒发感慨。作者听了琵琶曲和琵琶女自述身世，产生同情之心，同时也触发

了自己内心的怨愤。作者联想到自己的遭遇和处境：去年被贬，卧病浔阳，没有丝竹之乐，有的是黄芦苦竹，杜鹃啼血，从春到秋，唯以饮酒浇愁。这一段写凄凉的景象与开头一段写景相照应，令人耳目一新。

此诗结构严谨，剪裁得当，前后照应，特别是运用了一连串的奇异比喻，形象地描绘出音乐的美妙、节奏的变化。

邯郸冬至夜思家

邯郸驿（yì）里逢冬至[①]，

抱膝灯前影伴身。

想得家中夜深坐，

还应说着（zhe）远行人[②]。

注释

①“邯郸”，即今河北省邯郸市。“驿”，驿站，是古代供传递公文或者出差官员歇息的地方。“冬至”，农历节气，对北方来说，是一年中最短的一天。

②“远行人”，作者自指。

赏析

冬至，是我国农历的二十四节气之一，在唐代时是一个重要节日。在冬至这一天，朝廷要举行典礼，皇帝接受群臣的庆贺。民间则互相赠送酒食，办酒宴，穿新衣，像过新年一样。唐德宗贞元二十年冬至，白居易旅居邯郸，因思念家中亲人，写下了七绝《邯郸冬至夜思家》。

“邯郸驿里逢冬至，抱膝灯前影伴身”两句，写作者客游他乡的情景：冬至佳节，诗人无心游赏繁华都市的夜景，只能与自

己的身影相伴，孤寂之状可见，也可见诗人淡淡的感伤。“抱膝”这一动作，刻画出诗人孤独的形象。

“想得家中夜深坐，还应说着远行人”两句，写作者想念家中亲人的情景。与王维“遥知兄弟登高处，遍插茱萸少一人”（《九月九日忆山东兄弟》）如出同一机杼，但笔法更深一层，不直说自己如何思家，却说家中亲人深夜里如何想念自己。诗人思家之情跃然纸上，真切感人。

这首诗感情真挚动人，篇幅短小精悍，语言清新如话，能够引起读者的共鸣。

赋得古原草送别

离离原上草①，
一岁一枯荣②。
野火烧不尽③，
春风吹又生。
远芳侵古道④，
晴翠接荒城⑤。
又送王孙去⑥，
萋萋满别情⑦。

注释

①“离离”，形容春草长得茂密的样子。“原”，原野。

②“一岁”，一年。“枯荣”，指草的枯萎与茂盛。

③“野火”，荒山野地里燃烧的火。

④“远芳”，指无边的芳草。“侵”，蔓延，连接。“古道”，荒野上的道路。

⑤“晴翠”，指晴朗的天空下一片翠绿的草原。“荒城”，残破荒凉的城邑。

⑥“王孙”，本指贵族子孙，此指远别的朋友。

⑦“萋萋”，形容野草茂盛。

赏析

这首诗作于唐德宗贞元三年（787），当时作者年仅 16 岁。此诗是应考时的习作。按照当时的科场考试制度，凡指定、限定的诗题，题目前顺加“赋得”二字，作法与咏物相类似，要求对仗工整，起承转合分明，全篇空灵浑成。总之，束缚甚严，因而凡“赋得”之体极少见到佳作。据唐张固《幽闲鼓吹》记载：白居易于贞元三年从江南进入京城，前去拜谒名士顾况。顾况看着这个年仅 16 岁的年轻人，用他的名字打趣说：“米价方贵，居亦弗易。”虽是打趣，却道出了京城里不好混饭吃的实情。可是，当他读到此诗中“野火烧不尽，春风吹又生”的诗句时，不禁大为赞叹，说：“道得个语，居亦易也。”

首句直接破题，“古原草”三字，将春草富于生命力的特点纳入诗行，给人以生机勃勃的感觉。“离离原上草”一句看似平常，但抓住生命力旺盛的特征，为后文开拓出顺畅的思路。野草是一年生植物，春荣秋枯，岁岁循环不已。“一岁一枯荣”，两个“一”字复叠，形成咏叹，道出一种生生不已的情味，接下来三、四句就水到渠成了。

“野火烧不尽，春风吹又生”，这是“枯荣”二字的发展，由概念一变而为形象的画面。古原草的特征是具有顽强的生命力，割不尽，铲不绝，只要残存一点根须，来年就会生长得更为茂盛，并蔓延到整个原野。作者抓住这一特点，不说“割不尽，铲不绝”，而写“野火烧不尽”，便造成一种壮烈的意境。野火燎原，烈焰可畏。瞬息间，大片枯草被烧得精光。强调毁灭的力

量、毁灭的痛苦，是为了强调再生的力量、再生的欢乐。因为烈火再猛，也无奈那深藏地下的根须。一旦春风化雨，野草的生命便会复苏，以迅猛的长势，重新覆盖大地。看那“离离原上草”，不就是胜利的绿色旗帜吗！“春风吹又生”，语言朴实有力，“又生”二字含意无限。此二句写出一种从烈火中再生的理想典型，一句写枯，一句写荣，“烧不尽”与“吹又生”是何等唱和有味，对仗亦工致天然，故卓绝千古。

五、六句继续写“古原草”，而将重点落到“古原”，以引出“送别”题意。“远芳”、“晴翠”都写草，而比“原上草”意象更具体，更生动。芳曰“远”，古原上清香弥漫可嗅；翠曰“晴”，则绿草沐浴着阳光，秀色如见。“侵”、“接”二字继“又生”，更写出一种蔓延扩展之势，再一次突出了生存竞争之强者野草的形象。虽然古道城荒，青草的滋生却使古原恢复了青春。

末两句是一个送别的典型环境：大地春回，芳草芊芊的古原景象如此迷人，而送别在这样的背景下发生，该是多么令人惆怅，又多么富于诗意啊！“王孙”二字借自楚辞成句，泛指行者。“王孙游兮不归，春草生兮萋萋”，说的是看见萋萋芳草而怀思行游未归之人。这里却变其意而用之，写的是看见萋萋芳草而增加送别的愁情，似乎每一片草叶都饱含别情。诗到此点明“送别”，结清题意，关照全篇，“古原”、“草”、“送别”打成一片，意境浑成。虽是习作，已经表现出诗人非凡的功力和洋溢的才华。

放言（其一）

朝真暮伪何人辨，
古往今来底事无。[①]
但爱臧（zāng）生能诈圣[②]，
可知宁子解佯（yáng）愚[③]。
草萤有耀终非火[④]，
荷露虽团岂是珠[⑤]。
不取燔（fán）柴兼照乘[⑥]，
可怜光彩亦何殊[⑦]。

注释

①“底事”，何事，此指朝真暮伪之事。

②“臧生”，即臧武仲，春秋时期鲁大夫。《左传·襄公二十二年》杜预注：“武仲多知，时人谓之圣。”《论语·宪问》：“子曰：臧武仲以防求为后于鲁。虽曰不要君，吾不信也。”“防”，武仲封邑。“为后”，确认后代的继承权。

③“宁子”，宁武子。《论语·公冶长》：“宁武子。邦有道则知，邦无道则愚。其知可及也，其愚不可及也。”

④“草萤”，草丛里的萤火虫。

⑤“荷露”，荷叶上的露水珠儿。

⑥“燔柴”，语出《礼记·祭法》，此作名词用，意为大火。“照乘”，明珠。《史记·田敬仲完世家》：“梁王曰：‘若寡人国小也，尚有径寸之珠，照车前后各十二乘者十枚，奈何以万乘之国而无宝乎？’”

⑦“殊”，差别。

赏析

白居易的七律《放言五首》是一组政治抒情诗。诗前有序：“元九在江陵时有《放言》长句诗五首，韵高而体律，意古而词新……予出佐浔阳，未届所任，舟中多暇，江上独吟，因缀五篇，以续其意耳。”据此可知，《放言五首》是作者被贬赴江州途中所作。

唐宪宗元和五年（810），白居易的好友元稹（即序文中提及的元九），因得罪权贵而被贬为江陵士曹参军。在江陵期间，他写了五首《放言》诗以表示自己的心情：“死是老闲生也得，拟将何事奈吾何”（其一），“两回左降须知命，数度登朝何处荣”（其五）。5年后，亦即宪宗元和十年（815），白居易因上疏急请追捕刺杀宰相武元衡的凶手，遭到当权者所忌恨，被贬为江州司马。此时元稹已转官为通州司马，闻讯后写了充满深情的诗篇《闻乐天授江州司马》。贬官途中的白居易，感慨万千，写作《放言》五首相奉和。诗题“放言”，意为无所顾忌，畅所欲言。这是其中的第一首。

首联“朝真暮伪何人辨，古往今来底事无”，单刀直入地发问：早晨还装得像那么回事，到晚上假象就被揭穿。古往今来，什么样的怪事没出现过？可是，弄虚作假者古今皆有，有谁能预先识破呢?

颔联"但爱臧生能诈圣,可知宁子解佯愚",连用两个典故,恰似注解一样对首联进行了说明。臧生,即春秋时期的臧武仲,当时人称他为圣人,孔子却一针见血地指出他是要挟君主的奸诈之徒。宁子,即宁武子,孔子对他身处乱世之中大智若愚的韬晦本领极为称道。臧生和宁子,一个诈圣,一个佯愚,性质不同,却全是弄假。然而,令人可悲的是,世人只知尊敬臧武仲那样的假圣人,却不理解宁武子那样的真高贤。

颈联"草萤有耀终非火,荷露虽团岂是珠",连用两个比喻,进一步说明真与假难辨难分。草丛里的萤虫,虽然能够发出光,但终究是虫不是火;荷叶上的露珠,虽呈现出玲珑剔透的球状,但毕竟不是货真价实的珍珠。然而,它们那闪光、晶莹的外表,以假乱真的形象,不知蒙蔽了多少世间俗人。

尾联"不取燔柴兼照乘,可怜光彩亦何殊"。紧承颈联萤火露珠之喻,明示出辨伪之法。燔柴,语出《礼记·祭法》:"燔柴于泰坛。"这里作名词用,意为大火,相对于"草萤"而言;照乘,明贵的珍珠,相对于"荷露"而言。不怕不识货,就怕货比货。只要拿出燔柴与照乘来比较,草萤与荷露便会自现原形。

这首诗通篇议论说理,并不使人感到乏味。作者借助典故,运用比喻,把抽象的哲理表现为具体的艺术形象。更为感染人的是,连用了"何人"、"底事"、"但爱"、"可知"、"终非"、"岂是"、"不取"、"何殊"等表示疑问、反诘、限制、否定的字眼,从头到尾,起伏跌宕,具有不可遏制的激情,引起人们的强烈共鸣。联想作者因直言取祸的冤案,读者自会领悟到其中更深一层的含义。

放言（其三）

赠君一法决狐疑，
不用钻龟与祝蓍（shī）①。
试玉要烧三日满②，
辨材须待七年期③。
周公恐惧流言日④，
王莽谦恭未篡（cuàn）时⑤。
向使当初身便死，
一生真伪复谁知？

注释

①“钻龟”，古代用龟甲占卜凶吉。“祝蓍”，古代用蓍草茎占卜凶吉的一种方法。

②“试玉要烧三日满”，作者自注：“真玉烧三日不热。”

③“辨材须待七年期”，作者自注：“豫章木生七年而后知。”

④“周公”，西周初年政治家，姓姬，名旦，亦称叔旦，周武王的弟弟。因其封地在周（今陕西岐山北），故称周公。成王年幼即位，由周公摄政，其兄弟管叔、蔡叔、霍叔等人不服，联合反叛，并称周公有篡权夺王位之心。周公出师平乱，并以其一片赤诚证明了对成王的耿耿忠心。

⑤“王莽”，字巨君，汉元帝皇后王政君之侄。平帝死后，王莽立年仅

两岁的刘婴为皇帝，自为居摄皇帝（代皇帝），后又废刘婴自立为皇帝。

赏析

这是作者被贬赴任江州司马途中所作五首《放言》诗中的第三首，是一首富有理趣的佳作。它以极通俗的语言阐明了一个道理：要想对人和事有较为全面的认识，必须经过长时间的考验。要从整个历史去衡量和判断，不能依据一时一事的现象予以定论。否则，就会出现把周公当成篡权者，而把王莽当成谦恭君子的笑话。

首联“赠君一法决狐疑，不用钻龟与祝蓍”，一个“赠”字，说明了作者要告诉人们“决狐疑”之法的宝贵，语气郑重，且开门见山。到底什么法呢？不要着急，“不用钻龟与祝蓍”，先告诉你不用什么法，然后再请详听下文。

颔联“试玉要烧三日满，辨材须待七年期”，委婉地把“方法”告诉读者：任何人或事，都要经得起时间的考验。只要你能认真地观察和辨别，事物的本来面貌最终会显露出来。

颈联“周公恐惧流言日，王莽谦恭未篡时”，再一次从反面说明接受时间考验的重要性。周公辅佐周成王时，有些人曾怀疑他有篡权的野心，散布了不少流言，但历史证明，周公对成王怀有赤诚之心。他的忠心是真，说他篡权是假。王莽在尚未篡权时，假装谦恭，曾迷惑了很多人，连《汉书》本传中都称赞他“爵位愈尊，节操愈谦”。但历史证明，他的谦恭是假，篡权代汉自立才是真。

尾联“向使当初身便死，一生真伪复谁知”，是全篇的关键所在。“决狐疑”的目的是为了明辨是非真伪，是非真伪分清了，狐疑自然就消失了。如果不经过时间的考验，为一时的表面现象所蒙蔽，过早地下结论，不知要犯多少错误，冤屈多少好人。

这首诗的意旨极为明确，从正反两方面说明了“决狐疑”之法。不论“试玉”、“辨材”两个正面例子，还是“周公”、“王莽”两个反面的例子，例子本身既是论点，又是论据，寓哲理于形象之中，以具体的事物提示出普遍的规律，小中见大，耐人寻味。

大林寺桃花

人间四月芳菲尽①，

山寺桃花始盛开②。

长恨春归无觅处③，

不知转入此中来④。

注释

①“芳菲”，此泛指鲜花。

②“山寺”，山中的佛寺。

③“长恨”，常常感到遗憾。

④“转入”，转移到。“此”，指大林寺，在今庐山香炉峰顶。

赏析

唐宪宗元和十二年（817），白居易任江州司马。四月九日，与河南来的元集虚等十七人到庐山游览。他们从庐山遗爱寺出发，抵达大林寺。这里好像是另一个世界，作者诗兴大发，写下了这首诗。

“人间四月芳菲尽，山寺桃花始盛开”两句，写作者登山游寺，无意中发现深山春色的一角——大林寺盛开的桃花。此时已届初夏，山下流水送春归，落红满地，呈现出凄迷的景象，使人感到惆怅无奈。山上却是另一番景象：“桃花始盛开”。“始盛开”三字，不仅渲染了“花意闹”的气氛，且与“芳菲尽”相映照，表现出作者那种乍喜的心情。前两句一写“人间”，一写“山寺”，结构严谨，语言流畅。

“长恨春归无觅处，不知转入此中来”两句，作者由景入情，直抒胸臆。“长恨”既是由眼前景色引出的“春归无觅处”的愁怨，又照应了“四月芳菲尽”，使这种心理有了依据。“不知”与“山寺”句更是如出一辙，表现了一种“踏破铁鞋无觅处，得来全不费功夫”的惊讶、喜悦之情。

这首诗所表达的感情是复杂的，既有恋春惜春的怨憾失望，也有意外逢春的惊喜赞叹；既有对春的眷恋热爱，也有对春的迷惘微责。这些思绪虽融于一诗，但清晰明快，毫无纠葛，堪称唐人绝句中的佳作。

问刘十九[①]

绿蚁新醅（pēi）酒[②]，
红泥小火炉[③]。
晚来天欲雪，
能饮一杯无[④]？

注释

①“刘十九”，即刘轲，是作者被贬江州时结识的朋友。“十九”是刘轲的排行。

②“绿蚁”，酒的别名。新酿制的酒，在未经过滤时酒面上浮着细小如蚁的酒渣，颜色微绿，故称“绿蚁”。“醅”，未经过滤的酒。

③“红泥”，泥做的火炉，因经常用火烧而呈红色，故称“红泥”。

④“无”，疑问词，用法同“否”、“吗”。

赏析

白居易因节度使李师道遣刺客杀害宰相武元衡事件愤而上书，结果得罪权贵，被贬江州（今江西九江），在这里结识了好友刘十九。这年冬天的一个晚上，眼看天要下雪，诗人想请刘十九来围炉饮酒，因而写下此诗。

这是一首以诗代简，邀请友人小饮的五言绝句，写得极有情

趣，堪称情味隽永的佳作。一个小巧的泥炉，一壶新酿的米酒，二三知己围炉把盏，共同消磨这欲雪的黄昏。不仅会使刘十九心驰神往，读者透过这朴素鲜明的形象，同样会感受到浓郁的生活情趣。

前两句写作者准备好了新酿的米酒和暖烘烘的火炉。这两句用极平常的语言写极平常的事物，淡而有味。泛着绿色米渣的新酒散发出诱人的香味，小巧的红泥火炉燃着不大的火焰，给屋子带来融融暖意，正是知己谈心举杯的佳境。第三句写暮色笼罩，黄昏降临，天欲下雪，正是围火炉把酒的好机会！这三句写酒、写火、写欲雪的天气，富于生活气息，我们仿佛感受到屋子里的温暖和屋外的寒意。末句写作者的盛情邀请，对刘十九说："能饮一杯无?"这是生活中惬意的一幕，经过精心酝酿，已准备就绪，就等友人来拉开帷幕了。

暮江吟

一道残阳铺水中①，
半江瑟瑟半江红②。
可怜九月初三夜③，
露似真珠月似弓④。

注释

①“铺”，铺展，此即照射的意思。

②“瑟瑟”，一种碧色的玉石，此处作碧色解。

③“可怜”，可爱。

④“真珠”，珍珠。

赏析

自唐穆宗长庆元年（821）开始，李德裕与牛僧孺、李宗闵有隙，此后便长期倾轧，愈演愈烈，史称“牛李党争”。白居易对官场倾轧极为反感，便上书要求离开京城到外地去做官。长庆二年（822），皇帝批准了白居易的要求，让他担任杭州刺史。此诗即作于此次赴任途中。诗中用浅近的语言，描绘出九月初三傍晚一幅红日西沉、新月乍出时的秋江图，表现了诗人对大自然风光的热爱之情。

前两句从色彩描写入手，写夕阳斜映的江景。“一道残阳铺水中”，时近傍晚，一抹夕阳余辉洒满江面。因为夕阳是贴着江面的，照射角度较小；又因夕阳毕竟不太强烈，柔和温馨，故用一“铺”字。这是独特的感受，用字精妙。“半江瑟瑟半江红”，天气晴朗，江面皱起细小的波纹，受光多的江面呈现出“红色”，受光少的江面呈现出深碧色。长天江水，相映成趣。“半江”之说无疑是诗家语言，绘出了立体化图画，留给读者无穷的想象余地！

后两句写新月东升的夜景，以生动贴切的比喻描绘美好的夜晚。“可怜九月初三夜”，点明确切的时间。“可怜”二字道出此诗不仅是写景，而且表现了诗人内心深处的喜悦之情。“露似真珠月似弓”，清露像珍珠一样，晶莹明净，清凉宜人；天空中的新月像一把弓，精致纯洁，令人神往。露水和月光乃是秋夜最令人遐想和难以忘怀的形象，分别用比喻写出，情景真切，工致入画。

这首诗通过细致的观察、贴切的比喻、深长的韵味、清新的格调，表现出诗人离开朝廷后轻松愉快的心情。

钱塘湖春行

孤山寺北贾亭西①，
水面初平云脚低②。
几处早莺争暖树③，
谁家新燕啄春泥。
乱花渐欲迷人眼④，
浅草才能没马蹄。
最爱湖东行不足⑤，
绿杨阴里白沙堤⑥。

注释

①“孤山寺”，在西湖的后湖与外湖之间的孤山上，登此寺可观赏西湖胜景。“贾亭”，唐代贞元中贾全任杭州刺史时建造，时属西湖名胜，今不存。

②“初平”，春天湖面涨水，水面与湖堤几乎相平。“云脚”，接近地面的云气。

③“暖树”，向阳的树。

④“乱花”，杂乱的花卉。

⑤“行不足”，指观赏不够，舍不得离开的意思。

⑥“白沙堤”，简称白堤，又名沙堤、断桥堤、十锦塘等，在杭州西城外，沿此堤向西南行可直通孤山。后人曾误传此堤为白居易所筑。

赏析

《钱塘湖春行》为白居易于唐穆宗长庆三年（821）或四年（822）在杭州任刺史时所作，堪称是无数西湖诗词中的珍品。全诗描绘作者于早春漫步西湖所见的美丽风光，赞美生机勃勃的大自然，表现出诗人对西湖胜景的流连之情。

首联写湖水。“孤山寺北贾亭西”，标明湖的位置，交待诗人的立足点，同时绘出西湖周围寺亭参差的景象。开篇即道出诗人是在“行”，即边走边看，领略湖畔的早春风光。首先映入眼帘的是“水面初平云脚低”，但见春水初涨，水面平堤，云脚低垂，晴雨无定。此句道出了西湖的天然水态，富于初春特征，可谓切时切地。

颔联两句写春鸟。因为是早春，故是“早莺”、“新燕”，且是“几处”、“谁家”。“暖树”、“春泥”更是初春有代表性的景物。早莺争栖向阳的暖树，新燕啄泥筑巢，好一幅生机盎然的早春画面。着一“争”字，写出了黄莺竞相鸣叫、流利婉转的声音，更是写出了它们在树枝上上下跳跃、你追我赶的热闹情景。“谁家”二字，看似疑问口气，实则表现了诗人在欣喜之余，不禁设想燕往何处的神情。

颈联写花草。如果说颔联是作者仰视所见之景，那么，此联则是俯视之景。乱花初放而未烂漫，所以渐欲迷住游人之眼，而非已经迷住人眼；浅草才生，尚未茂盛，仅能没过马蹄。

尾联写湖东景色，“绿杨阴里白沙堤”。“最爱”、“行不足”，

表明诗人已陶醉于湖光山色之中，以及对西湖早春万分留恋的感情。

此诗首联点明所游之处：春湖初涨，云气低迷。颔联和颈联用四种自然景物描绘出西湖的初春景色：早莺争树，新燕衔泥，杂花丛生，浅草平铺。尾联照应首联，从孤山、贾亭到白沙堤，以游赏尽兴、不愿离去结清题意。全诗着重写一个“行”字，连续启用“几处”、“谁家”、“渐欲”、“才能”等词语，写出游赏过程的内心活动，充分显示出诗人爱湖的激动心情。全诗结构严谨，语言优美，对仗工整，清新脱俗。

宿湖中

水天向晚碧沉沉[①]，
树影霞光重叠深。
浸月冷波千顷练[②]，
苞霜新橘万株金[③]。
幸无案犊（dú）何妨醉[④]，
纵有笙歌不废吟。
十只画船何处宿？
洞庭山脚太湖心。

注释

①“向晚”，黄昏。

②“练”，白绢。此指明月照耀下湖水如千顷白绢一样美丽。

③“苞霜”，经霜。

④“案牍”，官府的文书。

赏析

太湖风光，天下闻名。它烟波浩淼，水天一色，峰峦缥缈，气象万千。太湖历来被称为“吴中胜地”，并以其雄伟秀丽的自然风光，吸引着大批游人。唐敬宗宝历元年（825），白居易任苏州刺史时写下此诗。诗中描写了太湖千顷烟波、万株新橘的瑰丽景色，表达出作者纵情山水的情怀。

首联写在太湖中见到的黄昏景象：湖波浩荡，碧空如洗，水天一色，广阔渺远；湖畔岸边，树影绰绰，一抹晚霞把余晖撒向重林，霞光与林影叠合为一体。

颔联写游至湖心的景象。这时，晚霞已收起余晖，一轮皎洁的月亮当空升起，柔和的月光撒满太湖，湖面上千顷波光，闪烁如白练；更有金光点点的橘林，披上一层轻霜。多么美妙迷人，多么令人神往！

颈联写作者在这美景良宵兴致勃发，开怀畅饮，对月赋诗。其神情，其动作，何等潇洒！“幸无”、“纵有”，勾勒出作者轻松洒脱的心境。

尾联点题，一问一答，写诗人流连不归，夜宿湖中。从夜宿湖中这件生活小事，衬托出太湖风光诱人，诗人忘情其中。

这首诗颇具特色，紧扣太湖景色，逐一写来，虽景多而不乱。写景清新自然，毫无雕琢痕迹。全诗融写景、叙事为一体，处处有诗人的活动、性灵存在，表现了作者热爱祖国河山的胸怀。

杭州春望

望海楼明照曙霞[①]，
护江堤白踏晴沙[②]。
涛声夜入伍员庙[③]，
柳色春藏苏小家[④]。
红袖织绫夸柿蒂[⑤]，
青旗沽酒趁梨花[⑥]。
谁开湖寺西南路[⑦]，
草绿裙腰一道斜[⑧]。

注释

①“望海楼”，作者原注：“城东楼名望海楼。”

②“护江堤”，指白沙堤，简称白堤。在杭州西城外。

③“伍员庙”，在伍公山上。伍员，字子胥，春秋时楚国人，后为吴王所杀。

④“苏小”，苏小小，南齐时钱塘名妓。在西湖的西泠桥畔有苏小小墓。

⑤“红袖”，指织绫女。“柿蒂”，绫的一种，有柿蒂状的花纹。

⑥“青旗”，指酒旗。“梨花”，酒名。

⑦“湖寺”，即孤山寺。“西南路”，指向西南通往孤山寺的路，也就是

由断桥向西通往湖中孤山的长堤。

⑧“裙腰”，指“西南路”像裙带一样细长弯曲。

赏析

白居易非常喜爱杭州，创作了大量与杭州有关的诗歌。他在任杭州刺史期间，为官清正，关心民众疾苦，做了不少对民众有益的事。诗中提到的护江堤，千百年来杭州人一直称为“白公堤”，以此纪念这位关心民生疾苦的诗人。

杭州自古以来繁华似锦，素与苏州并称“人间天堂”。历代吟咏杭州的诗篇不胜枚举。白居易的《杭州春望》就是其中脍炙人口的一篇，写于作者任杭州刺史时。全诗紧扣一个“望”字，展现出杭州春日迷人的风光，诗味浓郁。

首联写望海楼和白沙堤的明丽春色，渲染出一派明媚的春光。作者对杭州风光的赞美和对春天的喜爱之情，溢于诗行。这里作者从视觉入手写望中之情。

颔联写涛声和柳色。钱塘江水奔流入海，涛声震天。不写白天所闻，而是通过“夜入”这一想象之词，以夜籁人静衬出涛声之响。钱塘江涛声传到“伍员庙”内，这是借典故来写景，将钱塘涛声人格化。苏小小墓隐藏在杨柳春色中，正面点出“春”字，极写春色之深。其实，春声传万家，万家藏春色，“苏小家”则是繁华杭州的一个缩影而已。“入”字和“藏”字虽是平常字眼，但用在这里却生动传神。这一联和上联一样，一句一景，拓开了诗的意境，增加了诗的容量。

颈联把神奇的诗笔伸向杭州的人和事物上。写织女，写酒家，写杭州的特产，用词绚烂，色彩浓烈，绘出杭州春日的生活

画面。一“夸”一“趁”，使画面散发着浓郁的春意。

尾联写西南路，即孤山寺路。沿路青草碧绿，远望好像绿色的裙带斜斜地躺在湖中。用“裙腰”比喻“西南路”，极为奇妙贴切。“谁开”二字，激荡着诗人的赞美之情。写“西南路”实是写旖旎的西湖，以及写西湖的秀美春意。

总之，全诗既有眼前之景，又有想象之景；既有自然之景，又有古迹名胜；既有视觉描写，又有听觉描写；既写景，又写人。通篇贯穿着诗人春望中的无限激情，具有很高的审美价值。

缭绫[1]

缭绫缭绫何所似？
不似罗绡与纨（wán）绮[2]。
应似天台山上明月前[3]，
四十五尺瀑布泉[4]。
中有文章又奇绝[5]，
地铺白烟花簇雪[6]。
织者何人衣者谁？
越溪寒女汉宫姬[7]。
去年中使宣口敕[8]，
天上取样人间织[9]。
织为云外秋雁行[10]，
染作江南春水色[11]。
广裁衫袖长制裙[12]，
金斗熨波刀剪纹[13]。
异彩奇文相隐映[14]，
转侧看花花不定[15]。

昭阳舞人恩正深[16]，

春衣一对直千金[17]。

汗沾粉污不再着，

曳（yè）土踏泥无惜心[18]。

缭绫织成费功绩[19]，

莫比寻常缯（zēng）与帛[20]。

丝细缲（sāo）多女手疼[21]，

扎（zhà）扎千声不盈尺[22]。

昭阳殿里歌舞人，

若见织时应也惜。

注释

①“缭绫”，绫绢，一种高级丝织品，极为珍贵，宫廷专用。

②“罗绡纨绮”，四种精细的丝织品。罗、绡用生丝，纨、绮用熟丝。

③“天台山”，在今浙江天台北。

④“四十五尺”，指一匹缭绫的长度。以上两句以月照瀑布形容缭绫的洁白与光彩。

⑤“文章”，错杂的色彩，这里指花纹图案。“文”，青色与赤色相配。“章”，赤色与白色相配。“绝”，极、最。

⑥“地”，同色。“簇”，攒聚。以上两句的意思是说在缭绫白色底子上又织出白色花纹图案。

⑦“越溪寒女”，浙江一带贫穷人家的女子。“汉宫姬”，借指唐代宫中的妃嫔。“姬”，古代妇女的美称。

⑧“中使”，宫中派出的使者，即太监。“口敕”，皇帝的口头命令。

⑨“天上”，指宫廷。“取样”，设计式样。“人间”，指浙江织绫的地方。以上两句是说由太监带去宫中设计的图案，命织工按照规定的式样织造。

⑩“云外”，指高空。

⑪以上两句是指奉旨特制、按宫中式样织成的缭绫。上文所说的白底白花是指一般的缭绫。

⑫“广”，宽幅。“长”，长幅。

⑬“金斗”，熨斗的美称。“熨波”，熨平衣料。“刀剪纹”，用剪刀裁剪衣料。

⑭“隐映”，隐现照映。

⑮“转侧看花”，从不同角度看花。“花不定”，形容花纹的光彩闪动。

⑯“昭阳舞人”，汉成帝时，赵飞燕善歌舞，曾居昭阳殿。这里借指以歌舞得宠的妃嫔。

⑰“春衣”，指舞衣。“一对”，指上衫与下裙。“直”，同值。

⑱“曳”，拖、拉。

⑲“功”，工夫。“绩”，纺绩。

⑳“缯、帛”，丝织品的总称。以上两句是说织缭绫费功夫，不能当作一般丝织品来看待。

㉑“缫”，煮茧抽丝。

㉒“扎扎”，织机在纺织时发出的声音。

赏析

这首诗是白居易《新乐府》第三十一首，主题是“念女工之劳”，表现了诗人对劳动者的同情，揭露了宫廷奢侈浪费的现象，同时反映出唐代丝织品已经达到了很高的水平。

缭绫是一种精美的丝织品，一件“昭阳舞人”的“舞衣”，

价值“千金”。

诗中通过对缭绫生产过程的生动描写，赞扬了织女的创造性劳动，反映出唐代江南地区手工业的发达程度。精美的缭绫要使织女付出昂贵的代价，“丝细缫多女手疼，扎扎千声不盈尺”。然而，“昭阳舞女”却把用缭绫制成的舞衣看得一文不值，“汗沾粉污不再着，曳土踏泥无惜心”。一成一毁，对比鲜明，深刻有力地表现了主题。通过对比，揭露出这样的事实：皇帝派人传口敕、发图样，迫使“越溪寒女”纺织精美绝伦的缭绫，为的是给他宠爱的“昭阳舞人”做舞衣！可见，诗人批判的对象实际上是最高统治者。

舟中读元九诗[①]

把君诗卷灯前读[②]，
诗尽灯残天未明。
眼痛灭灯犹暗坐[③]，
逆风吹浪打船声。

注释

①“元九诗”，元稹的诗。元稹与白居易交谊诚挚，政治观点相同。他们的贬官，主要是受到以吐突承璀为首的宦官集团的迫害。

②“把”，拿着。

③“犹”，还。

赏析

此诗作于元和十年（815）谪贬江州途中。在这寂寞的旅途中，诗人想念早于自己5个月远谪通州的好友元稹。他彻夜展卷吟读元稹的诗作，思绪万千，写下了这首诗。

这首小诗从字面理解是“读君诗”，主题是“忆斯人”，又由“忆斯人”转而抒发自己“同是天涯沦落人”的感慨。前三句连用三个“灯”字，使得感情层层加深：掌灯夜读，足见思念之深；读至灯残，说明思念之久；灭灯暗坐，表明思念之苦。凄苦是这首小诗的基调，凄苦的情感是通过“残灯”、“诗尽”、“眼痛”、“暗坐”表现出来的。结句突然将“逆风吹浪打船声”入诗，在读者心中荡起波澜，令人沉思。

诗前三句含蓄委婉，在叙事中抒情；末句才打开感情的闸门，表达出诗人的满腔激愤。

蓝桥驿见元九诗[①]

蓝桥春雪君归日[②]，
秦岭秋风我去时[③]。
每到驿亭先下马，
循墙绕柱觅君诗。

注释

①“蓝桥驿”，在陕西蓝田县东南，今名蓝桥镇；是唐代由长安通往河南、湖北的交通要道上的一个驿站。“元九”，即元稹。

②“蓝桥”句，作者此诗题下自注：“诗中云：‘江陵旧时逢春雪。’”元和十年（815）正月，元稹自唐州返江陵，再回长安，有《西归绝句十二首》，其十一云：“云覆蓝桥雪满溪，须臾便与碧峰齐。风回面市连天合，冻压花枝着水低。”其十二云：“寒花带雪满山腰，着柳冰珠满碧条。天色渐明回一望，玉尘随马渡蓝桥。”都不是白诗注中所指。

③“秦岭”句，元和十年（815）八月，白居易贬江州司马，初出蓝田，经商山、武关到襄阳，改水路经鄂州到江州。据《通典》卷一七五商州：“上洛，汉旧县，有秦岭山。”商山为秦岭山脉的一部分，即白诗所指。

赏析

元和十年（815）正月，元稹被召回长安。同年八月白居易被贬为江州司马。作者自长安赴江州途中，在驿亭壁上读到元稹的《留呈梦得、子厚、致用》诗，不禁感慨万千，写了这首绝句。

前二句点出时间、地点，含有说不尽的感慨。后两句切题，表达了与朋友的深厚情谊和共同的感受。全诗二十八字，包含着丰富的内容，惜墨如金。“春”表示出希望，“归”暗含着温馨，“秋”蕴含着悲凉。这几个字选用得当，色彩鲜明。再用墙“循”、柱“绕”、诗“觅”三个动词，衬托出诗人急切的心情，将诗人的内心活动淋漓尽致地表现出来。

这首诗写得明快亲切，每到关键处，便自然煞住，把怨恨和离愁深深地埋在心底，留给读者的是镇定自若的气度。

同李十一醉忆元九①

花时同醉破春愁，

醉折花枝作酒筹（chóu）②，

忽忆故人天际去，

计程今日到梁州③。

注释

①“李十一”，即李健。“元九”，即元稹。

②“酒筹”，旧时饮酒计数的用具。

③“梁州”，今陕西南郑一带。在白居易写这首诗时，元稹果然到了梁州，也正在怀念白居易和李健，并在梦中与他们同游曲江和慈恩寺，作有《梁州词》一诗。

赏析

元和四年（809），元稹奉使东川（今四川三台）。白居易在他离开之后，与弟弟白行简、李健（即诗题中的李十一）同游曲江和慈恩寺，并在李十一家饮酒。席上忆及元稹，遂写下这首即景生情、因事起意之作。

首句说以醉消除春愁，已隐含因元稹远行心中抑郁之意。次句写饮酒的豪放，在这暂时的快乐中，忘却了忧愁。第三句陡起波澜，忽然想起老朋友元稹，酒不成欢而愁未能消。“天际去”三字描写行程之远，可见诗人的思念之深。结句不作空洞的议论，紧接上文，将诗人的想念之情完美地表现出来。

在章法上，诗的首句是“起”，次句是“承”，第三句当是“转”。从首句与次句的关系来看，把“花时同醉”与“醉折花枝”衔接起来，显得更加紧凑，而“花”字与“醉”字的运用，更有相映成趣之功效。

这首诗的特点是即席拈来，不事雕琢，自然成诗，以极朴素的语言，表达出真挚的情意，于浅处见深，于平处见奇。

花非花[①]

花非花，雾非雾
夜半来，天明去。
来如春梦几多时，
去似朝云无觅处[②]。

注释

①“花非花”，《花非花》词牌始于此。显然是从七言绝句演变而来。

②“来如春梦几多时”二句，上句说相会的时间短暂，下句说离别的时间长久。“梦”和“朝云”两个典故见于《文选》宋玉所作《高唐赋》和《神女赋》，两赋都描写楚王在梦中与巫山神女幽会。后来成为形容男女幽会的常用隐语。

赏析

白居易的诗文历来以语言浅近著称，这首诗却意境朦胧，在白诗中是一个特例。

开篇“花非花，雾非雾”，先给人一种捉摸不定的感觉。“夜半来，天明去”，颇使读者疑心是在说梦。这一“来”一“去”二字，在音律上有承上启下的作用。似乎见到了早年的恋人，欢悦无比。春梦虽美，却很短暂，于是又引出一问：“来如春梦几

多时?”“天明”见者朝霞也，云霞虽美，但易消失。于是又引出一叹：“去似朝云无觅处”。

此诗由一连串比喻构成，环环相扣，如行云流水，自然成文。诗句明白如话，音韵优美和谐，表现出的意境却迷离恍惚，难以捕捉。

后宫词[1]

泪湿罗巾梦不成[2]，
夜深前殿按歌声[3]。
红颜未老恩先断[4]，
斜倚熏笼坐到明[5]。

注释

①“后宫”，古代皇帝妃嫔所住的宫室。

②“罗巾”，丝帕。“梦不成”，指睡不着觉。

③“按歌”，按着节拍唱歌。

④“红颜”，这里指女子美妙的容颜。“恩”，指皇帝的宠爱。

⑤“熏笼”，熏炉的炉罩。

赏析

这首诗约作于长庆三年（823）之前，诗中主人公是一位不幸的宫女。她一心盼望皇帝到来，但终未盼得。夜已深沉，只好退而转求好梦。正当愁苦难耐的时候，前殿传来阵阵笙歌，那是皇帝在寻欢作乐，她只能以泪洗面到天明。诗中细致地刻画出宫女被抛弃后的悲惨处境，表露出其痛苦的内心世界。

在同类题材的作品中，这首诗不以构思曲折、写情含蓄见长，而以显豁直致取胜。全诗由希望到失望，由失望到苦望，由苦望再到绝望，千回百转，倾注了诗人对不幸者的同情。诗中所写的怨恨，既不怨他人得宠，也不怨自身薄命，而是怨红颜未老，君恩先断。深刻地批判了玩弄女性、喜新厌旧的皇帝，是一首很有特色的佳作。

李白墓[①]

采石江边李白坟[②]，

绕田无限草连云[③]。

可怜荒垅穷泉骨[④]，

曾有惊天动地文[⑤]。

但是诗人多薄命[⑥]，

就中沦落不过君[⑦]。

注释

①“李白”，字太白，盛唐时著名诗人。

②“采石”，即牛渚山，其北突出长江中，名采石矶。

③“田”，指墓地。

④“可怜”，可叹，可悲。怜，同情。“荒垅”，荒坟。垅，同垄，坟墓。“穷泉”，泉下，指深至地下的圹穴。

⑤“惊天动地”，对李白诗文的高度评价，认为可以感动天地。

⑥“但是”，凡是，只要是。“薄命”，命运不好。

⑦“就中”，其中，当中。“沦落”，穷困失意。“君”，指李白。

赏析

贞元十五年（799），白居易在宣州（今安徽宣城）。李白墓

就在此地，因而人们猜测这首诗可能作于此时。李白诗名垂千古，但生前却屡遭磨难，漂泊四方，死后墓地简陋。诗人在凭吊之际，自是感慨万千。诗中一方面写墓地的荒凉，一方面表达出对李白诗文成就的由衷敬佩。对李白一生的不幸，寄予着无限同情。结尾两句提出诗人多薄命，言不尽而意亦不尽，耐人寻味。

春题湖上[1]

湖上春来似画图，
乱峰围绕水平铺[2]。
松排山面千重翠[3]，
月点波心一颗珠[4]。
碧毯线头抽早稻[5]，
青罗裙带展新蒲（pú）[6]。
未能抛得杭州去，
一半勾留是此湖[7]。

注释

①“湖上”，指杭州西湖。

②“乱峰”，形容山峰很多。西湖三面环山，有南高峰、北高峰、玉皇山、葛岭等。“乱”，纷乱。

③“松排”句，唐时西湖多松，自行春桥西至灵隐，路旁苍翠夹道，阴霭如云，所以后世以“九里松”为西湖一景。“排”，松树众多，故称“排”。

④“点”，明月一轮，故称“点”。

⑤“线头”，指毛毯上的绒头。“抽”，抽出、拔出。

⑥“裙带”，裙子上的飘带。“蒲”，香蒲，水生植物。

⑦“勾留”，流连，耽搁。

赏析

长庆四年（824），白居易杭州刺史的任期将满，五月便以右庶子的身份返回京师，本篇即这一年春游西湖时所作。诗人眺望西湖，美景历历在目，难怪要发出不忍离去的感叹。

首联是总评，说西湖是一幅图画，以群山环绕、水平如铺勾勒出山水相映的轮廓；颔联推出松排山上、月照波心来细加渲染气氛；颈联则以湖外的早稻、湖边的新蒲加以衬托，这就将西湖的全貌完整地表现了出来。由于诗人注意到了天上、地下、近景、远景的相互配合，使全诗的画面富于立体状态。在炼字上也比较讲究，“乱”、“铺”、“排”、“点”的运用使形象生动多彩。尾联由客观描绘转化为主观抒情，因前面几句写得清省厚实，自然而然地引出留恋西湖、不忍离去的感叹。

过昭君村[1]

灵珠产无种，
彩云出无根。
亦如彼姝（shū）子[2]，
生此遐陋村[3]。
至丽物难掩，
遽（jù）选入君门[4]。
独美众所嫉，
终弃于塞垣（yuán）[5]。
唯此希代色[6]，
岂无一顾恩[7]？
事排势须去，
不得由至尊[8]。
白黑既可变，
丹青何足论[9]！
竟埋代北骨[10]，
不返巴东魂[11]。

惨淡晚云水，
依稀旧乡园[12]。
妍姿化已久，
但有村名存。
村中有遗老，
指点为我言：
“不取往者戒，
恐贻（yí）来者冤[13]。
至今村女面，
烧灼成瘢痕[14]。”

注释

①“昭君村”，王昭君，名嫱，以美貌闻名，是汉元帝的宫人。匈奴呼韩邪单于（匈奴君主）来汉，昭君被选中出塞，死后葬于匈奴。现在湖北秭归县有昭君村，相传是昭君出生的地方。村在长江北岸，与巫峡连接。杜甫《咏怀古迹五首》中的“群山万壑赴荆门，生长明妃尚有村”，说的就是这个村子。明妃即昭君，晋朝因避司马昭讳，改为明妃。

②“姝”，美丽。“彼姝子”，那个美丽的女子。

③“遐”，远。“陋”，荒凉，简陋。

④“遽”，忽然、仓促。

⑤“塞垣”，边塞的墙。为了押韵的关系，用了个“垣”字，这里实际上只说边塞。汉元帝为了与匈奴和亲，把昭君嫁给匈奴的君主呼韩邪单于。

⑥“希”，同稀。“希代”，世所少有，与绝代、绝世的意思相同。

⑦“顾”，看，顾盼。

⑧“事排”两句，这两句是说已成的事实不能改变，昭君必须嫁给匈奴君主，连皇帝（汉元帝）也没有办法。相传汉元帝命画工画宫女容貌，按图选择。宫女多贿赂画工，以便把自己画得好看些。王昭君自恃貌美，不肯行贿，画工毛延寿故意把她画得很丑，因此得不到汉元帝的宠幸。在远嫁匈奴时，元帝召见，才发现她光彩照人，是后宫中最美的女子。汉元帝想取消遣嫁匈奴的决定，但当着匈奴使者的面不便反悔，只好把毛延寿杀了出气。

⑨“丹青”两句，丹青，图画。丹，红色，红和青是绘画所用的主要颜色，所以称图画为丹青。这一句指毛延寿故意把昭君画丑。何足论，不值得谈论。

⑩“代”，山西代县。代北，代县以北，指塞外。作者的意思是泛指塞北匈奴一带。

⑪“巴东”，在秭归县以西，诗人此处实指昭君村。

⑫“依稀”，仿佛。

⑬“贻”，留。

⑭“烧灼”句，这里说鉴于王昭君美丽出众而结局悲惨，所以村女都把面孔烧成瘢痕，破坏自己的美貌，以免重蹈王昭君覆辙。

赏析

元和十三年（818）十二月，白居易由江州司马改官忠州刺史。次年三月，他从江州出发，溯长江而上，经过昭君村时深有感触，写下了这首诗。

昭君出塞的故事广为流传，历代诗人留下了许多名篇佳作，但立意有很大差别。这首诗对昭君被妒出塞，客死他乡的不幸遭遇表示了极大的同情。全篇用美女比贤才，用“灵珠”的“无种”和“彩云”的“无根”，比喻荒凉偏僻的昭君村，也会出现像昭君这样的绝代佳人。也就是说，美女是“无种”的，贤才也是“无种”的，无论什么地方都可以出现。用这一出人意外的比喻来咏昭君，点出题中的昭君村，具有鲜明的社会意义。

从“至丽物难掩”到“丹青何足论”为一大段，正面颂扬昭君。从诗人坎坷的人生经历来看，此诗实际上是借他人之事来发自己之慨。“独美众所嫉”，“白黑既可变”，诗人通过自己的亲身感受，道出了对黑暗现实的不满。“至今村女面，烧灼成瘢痕”，愤怒地揭露了摧残人才所造成的恶果，发人深省。

全诗运用比兴手法，在叙事中抒情，于抒情中叙事，感情色彩真挚，堪称难得的佳作。

读李杜诗集，因题卷后

翰林江左日①，
员外剑南时②，
不得高官职③，
仍逢苦乱离④。
暮年逋（bū）客恨⑤，
浮世谪仙悲⑥。
吟咏留千古，
声名动四夷⑦。
文场供秀句，
乐府待新词⑧。
天意君须会⑨，
人间要好诗。

注释

①“翰林”，指李白。“江左”，长江下游以东地区，古人叙地理以东为左，以西为右，故江东称江左。李白早年曾漫游于今江浙一带，晚年又流寓于今江苏、安徽等地。

②“员外”，指杜甫。杜甫于代宗广德二年（764）由剑南节度使严武举荐任参谋、检校工部员外郎。“剑南”，唐设剑南道，管辖剑阁以南、长江以北四川地区及甘肃、云南部分地区，治所在今四川成都市。杜甫40岁后，曾在四川客居多年。上二句言李杜穷困沦落。

③“不得高官职”，供奉翰林、检校工部员外郎皆为虚职，并无实权。

④“苦乱离”，李白在安史之乱中，漂泊于江南。永王兵败，累及李白，被治罪流放夜郎（今贵州桐梓一带），中途遇赦，后客死安徽。杜甫在安史之乱中曾历尽乱离之苦，后弃官经陕西、甘肃，流寓四川多年，晚年贫病交加，死在长沙至岳阳的一条破船上。

⑤“逋客”，隐居或无官失意的人，此指杜甫。杜甫晚年颠沛流离，故称逋客。

⑥“浮世”，古人认为世事飘浮无定，故称人世为浮世。“谪仙”，太子宾客贺知章赞赏李白的诗，称其为谪仙人，并解金龟换酒为乐。

⑦“四夷”，古代统治者对异族邻国的蔑称，这里指天下。

⑧“乐府”，主管音乐的官署，汉代始设。又为诗体的一种，李白、杜甫多有所作。

⑨“天意”，上天的意思。李杜虽然一生不得志，但艰难的世事使他们创作出大量优秀诗篇，“天意”即指此。“会”，领会，理解。

赏析

此诗作于作者贬任江州司马自长安赴江州途中，着重表达了作者对李白、杜甫两位伟大诗人的仰慕之情。作者读其诗，思其人，感其遇，一方面感叹他们生不逢时、仕途艰难的处境；一方面又庆幸他们生当乱世，了解到民众的疾苦，有着丰富的人生阅历，创作出流芳千古、震动华夏的瑰丽诗篇。诗人必须有丰富的社会生活，根植于现实的土壤之中，才能写出人间需要的好诗。此诗语言平易流畅，风格朴素，蕴含丰富。

截　树

种树当前轩[1]，

树高柯叶繁[2]。

惜哉远山色，

隐此蒙笼间[3]！

一朝持斧斤[4]，

手自截其端。

万叶落头上，

千峰来面前。

忽似决云雾，

豁达睹青天[5]。

又如所念人，

久别一款颜[6]。

始有清风至，

稍见飞鸟还[7]。

开怀东南望，

目远心辽然[8]。

人各有偏好，
物莫能两全：
岂不爱柔条，
不如见青山。

注释

①“轩”，门窗。

②“柯”，树枝。

③“蒙笼”，模糊不清的样子。

④“斧斤”，斧头。

⑤“豁达”，开阔、开朗。“睹”，见。

⑥“款颜”，见面问候、叙谈。

⑦“稍”，才、方。

⑧“辽然”，开阔的样子。

赏析

此诗作于贬任江州司马时。诗人通过砍去屋前障目的高树，望见远处的青山这一平凡小事，抒发了自己贬官后苦闷的心情。繁叶障目暗喻因积郁不平使自己的心胸变得狭窄，而一旦砍去了眼前障碍，“千峰来面前”，压抑的心情暂时得到解脱。诗人还悟出这样一个哲理：做任何事情都不可能十全十美，有得到的时候，也有失去的时候。正像诗中那绿树和远山不能兼得一样。做事如此，人生亦然。贬谪使诗人失去了显位，但江州美丽的自然风光却使诗人摆脱了朝廷的明争暗斗，在精神上获得了自由。这首诗称得上是一首哲理诗，诗人将哲理、景物、情感三者融为一体，先叙述砍树的经过及观赏自然美景的感受，暗含“理趣”，后道出“物莫能两全”的主旨。

登郢州白雪楼[1]

白雪楼中一望乡[2]，
青山簇簇水茫茫[3]。
朝来渡口逢京使[4]，
说道烟尘近洛阳[5]。

注释

①“郢州”，治所在今湖北钟祥。“白雪楼”，在钟祥西。

②“望乡”，白居易原籍山西太原，至曾祖迁居陕西渭南，离长安很近。这里望乡，实际是说望都城长安。

③“簇簇”，丛聚，这里形容山峰林立。

④“京使”，从京城长安来的使者。

⑤“烟尘近洛阳”，此句作者自注：“时淮西寇未平。”指的是宪宗元和十年（815），军阀吴元济举兵叛唐，曾迫近洛阳郊区。“烟尘”，战火。“洛阳”，唐代以洛阳为东都。

赏析

元和十年（815）秋，诗人贬官为江州司马，在赴任途中经过郢州时写下了这首诗。白雪楼为当时郢州的名胜，被贬的诗人登此楼远望，无心领略大自然的美景，心中充满忧伤。首句“白雪楼中一望乡"，包含着作者对京城长安的眷恋之情。次句"青山簇簇水茫茫"，是诗人现实的真实描绘，寓意深远。簇簇青山和滔滔江水，正表现出诗人内心的不平。结尾笔锋急转，由景及人，由山水到天下事，表现了诗人对国家前途的关切之情。

别州民

耆（qí）老遮归路①，
壶浆满别筵②。
甘棠无一树③，
那得泪潸然④。
税重多贫户，
农饥足旱田⑤。
唯留一湖水⑥，
与汝救凶年⑦。

注释

①“耆老”，年老德高的人，亦称父老，指地方上士绅一类的代表人物。耆，古人称60岁为耆。“遮”，遮拦、阻挡，不让走的意思。古代地方官吏施行了一些惠政，受到民众的爱戴，当他离任时，往往被挽留连任，甚至在路上拦着不让走。

②“壶浆”，放在壶里的饮料，这里指酒。“别筵”，送别的酒宴。

③“甘棠”，树名。传说周代召公到南方巡视，关怀百姓，经常在一棵甘棠树下处理政务。后来当地人怀念他，写了一首题为《甘棠》的诗，收在《诗经》里。这句说没有甘棠树，是自谦在任期间没有惠政及民。

④“潸然”，流泪的样子。“那得”，哪里值得。

⑤“足”，多。“旱田”，容易遭受旱灾的田地。

⑥“湖水”，指杭州西湖水。这句指筑堤蓄水事。原注云：“今春增筑钱塘湖堤，贮水以防天旱，故云。”

⑦“凶年”，谷物不收，年成不好。

赏析

这首诗作于长庆四年（824）五月，是作者离杭时写的告别诗。前四句写杭州父老挡住道路，设盛宴送别的场面；后四句写诗人向杭州父老告别。送别者泪水潸然，告别者情意真挚。“税重多贫户，农饥足旱田”，这是诗人心中惦念着的两件事。末两句写道：“只留一湖水，与汝救凶年。”意思是说，我在任期间只修了点水利，可暂时解决“旱灾”问题；对于沉重的“税赋”，我就无能为力了。

全诗无装腔作势之志，真实亲切，塑造了一个清政廉洁的官吏形象。

酬元九对新栽竹有怀见寄[1]

昔我十年前[2]，
与君始相识；
曾将秋竹竿，
比君孤且直[3]。
中心一以合[4]，
外事纷无极[5]；
共保秋竹心[6]，
风霜侵不得[7]。
始嫌梧桐树[8]，
秋至先改色[9]；
不爱杨柳枝，
春来软无力。
怜君别我后，
见竹长相忆[10]；
常欲在眼前，
故栽庭户侧[11]。

分首今何处[12]？
君南我在北[13]。
吟我赠君诗[14]，
对之心恻恻[15]。

注释

①“元九”，元稹。“怀”，怀念。“见寄”，相寄。

②“十年前”，指贞元十六年（800）。白居易在这年二月进士及第。《代书诗一百韵寄微之》自注：“贞元中，与微之同登科第，俱授秘书省校书郎，始相识也。”

③“孤”，孤高，“直”，正直。

④“中心”，犹言心中，内心，这里指思想志趣。“一以合”，一致而投合。

⑤“外事”，身外之事，指社会现实。“纷”，纷纭，纷乱。“无极”，没有穷尽。

⑥“共保”，共同保持。“秋竹心”，指竹子的节操。竹子常青，经霜不凋，古人常用以喻指品格的坚贞。

⑦以上四句前两句双领，后两句双承。意思是说不论在现实中遭遇如何，两人始终保持思想一致，即使受到迫害也不变心易节。

⑧“始”，仅，只。

⑨“改色”，改变颜色。指梧桐树到了秋天凋零枯萎。

⑩“长”，深长，悠长，绵长不尽的意思。“忆”，思忆，思念。

⑪“故”，故意，特意。以上四句是对元稹来诗的回答。参见元稹《种竹》。

⑫“分首”，分离。

⑬“南”，指元稹在江陵。“北”，指长安。

⑭“诗”，指本篇题下自注中所说的《赠元九》诗。

⑮“恻恻”，凄怆思念的样子。

赏析

元稹于元和五年（810）秋写了《种竹》诗赠白居易，白居易以这首诗酬答。在诗中，我们可以看出两位诗人的深厚情意。诗人回忆了两人志趣相投的情谊，表示要像竹子一样，在恶劣的现实面前，绝不同流合污，保持坚贞清白的气节。并以梧桐树、杨柳枝与竹子作对比，突出了竹子的品格。此诗语言朴素自然，清新流畅。

惜牡丹花

惆怅阶前红牡丹，
晚来唯有两枝残[1]。
明朝风起应吹尽，
夜惜衰红把火看[2]。

注释

①“残”，残败、凋零。

②“把火”，拿着火烛，掌着灯。“把”，动词。

赏析

此诗写于元和三至五年（808～810）任翰林学士期间。历代多愁善感的诗人，对于伤春咏花的题材总是情有独钟，百咏不厌。白居易这首《惜牡丹花》，在无数惜花诗中别具一格。此诗由鲜花盛开时想到红衰香褪之日，立意奇绝新颖，寄寓着人生青春难驻的深沉感慨。

首句开门见山，点出题意。“惆怅阶前红牡丹”，淡淡一笔，表现出诗人的愁思。第二句语意一转，“晚来唯有两枝残”，强调晚来只有两枝牡丹凋谢，足见诗人赏花之细。

既然满院牡丹只有两枝凋谢，似乎不必着急，诗人却从中意识到春将归去。“明朝风起应吹尽”，笔锋一转，从想象中进一步写出惜花之情。然而，诗人纵有万般惜花之情，也不能拖住春天的脚步，更阻止不了突如其来的风雨，该怎么办呢？于是“夜惜衰红把火看”。全篇诗意几经转折，将诗人爱花的痴情抒发得淋漓尽致。

忆江南词（三首）

江南好[①]，
风景旧曾谙[②]：
日出江花红胜火，
春来江水绿如蓝[③]。
能不忆江南？

江南忆，
最忆是杭州：
山寺月中寻桂子[④]，
郡亭枕上看潮头[⑤]。
何日更重游？

江南忆，
其次忆吴宫[⑥]：
吴酒一杯春竹叶[⑦]，
吴娃双舞醉芙蓉[⑧]。
早晚复相逢[⑨]？

注释

①“江南”，这里指的是苏州、杭州一带。

②“旧曾谙”，从前很熟悉。

③“蓝”，蓝草，叶子可制蓝色染料。

④“寻桂子”，拾桂花子。传说中秋节前后，月宫的桂花会落到杭州天竺寺。

⑤“郡亭”，杭州郡府中亭子。白居易所建。

⑥“吴宫”，指苏州。春秋时苏州是吴国都城所在地，吴王夫差为美人西施建馆娃宫（在苏州西南灵岩山上），故有“吴宫”一词。

⑦“春竹叶”，竹叶，酒名；本不是吴地所产，此处是酒的代称。“春”，指季节。

⑧“娃”，美女。“醉芙蓉”，形容舞伎之美。

⑨“早晚”，犹如“何时”。“早晚复相逢”，与上篇“何日更重游”意义略同。

赏析

第一首泛忆江南，赞颂江南春日美景。

开篇就写“江南好”，是对江南美景脱口而出的直颂。“风景旧曾谙”意思是说，江南美景虽然不在眼前，却是极为熟悉的，此中包含着诗人无尽的怀念之情。至此，既落实了“好”字，又点明了“忆”字。“日出江花红胜火，春来江水绿如蓝”，这是诗人记忆最深的江南美景，也是对“江南好”具体形象的描绘。火红的太阳从东方冉冉升起，一片朝霞倒映在江面上，交相辉映，光彩夺目。诗人描绘的江南春色，多么柔美，多么迷人！

春日的生机勃勃、美景的引人入胜，使得诗人不由自主地以

“能不忆江南”这一由衷的赞颂作为结语，并为下两首做好了铺垫。

第二首是追忆杭州秋夜美景的佳作。

以“江南忆，最忆是杭州”开篇，将记忆的镜头移向杭州，与第一首结句的“能不忆江南”相呼应。把“忆”字放在“江南”之后，表示重点在“忆”。“最忆是杭州”，是把“忆”的范围缩小到“杭州”。为什么“最忆”杭州呢？民谚有“上有天堂，下有苏杭”的说法，而杭州又是江南美景之冠。诗人忆杭州不仅仅是因风景美，更重要的是对杭州有着深厚的感情。

“山寺月中寻桂子，郡亭枕上看潮头”两句，诗人描写自己在杭州时寻桂、看潮的趣事。“山寺”点明寻桂的地点，在山中的寺院内；“月中”点出寻桂的时间，在中秋月明之际。用一个“寻”字，就把桂花飘香、山月随人的境界描绘了出来。

桂花飘香的时候，也正是钱塘江观潮的时节。诗人在欣赏山寺桂花之后，又来到江边郡亭卧看潮头。“郡亭枕上看潮头”，多么悠闲，多么惬意。这句动中有静，与上句静中有动的境界配合起来，构成了一幅有山、有水、有寺、有亭、有花、有月的“秋夜漫游图”。这样的美景，怎能不引起诗人的怀念。

结句“何日更重游”，以反诘句表现出诗人对杭州的怀念之情。

第三首是对苏州往事的回忆。

以“江南忆，其次忆吴宫”起句，照应了第一首的结尾和第二首的开头。随即回忆在苏州的往事：“吴酒一杯春竹叶，吴娃双舞醉芙蓉。”“春竹叶”是对“吴酒一杯”的补充说明，“醉芙蓉”是对“吴娃双舞”的形象描绘。“娃”即美女，西施被称为

“娃”。开篇不说忆苏州而说“忆吴宫”，为的是引起读者对绝代佳人西施的联想。

“吴酒”两句，前宾后主，喝酒是为观舞助兴，重点落在“醉芙蓉”似的“吴娃”身上，最后以“早晚复相逢”收尾，言有尽而意未已。

长相思

汴（biàn）水流[①]，
泗（sì）水流[②]，
流到瓜洲古渡头[③]。
吴山点点愁[④]。

思悠悠[⑤]，
恨悠悠，
恨到归时方始休[⑥]。
月明人倚楼[⑦]。

注释

①“汴水”，发源于河南省，流入淮河，与江苏省北部的运河相通。

②“泗水”，发源于山东省，流入淮河，与运河相通。

③“瓜洲”，在江苏省扬州市南面。

④“吴山”，泛指长江下游南方的山。古时候这一带属吴国。“点点”，形容远山很小很多。

⑤“思”，相思之情。“悠悠”，无穷无尽的样子。

⑥“归时”，指意中人回来的时候。“方始休”，方才罢休。

⑦“倚楼”，靠在楼窗口望远方。

赏析

这是一首怀念远方意中人的抒情小词。它写一个闺中女子月夜倚楼眺望，思念心上人，充满柔情蜜意。上片全是写景，暗寓恋情。前三句以流水比人，写女子的意中人外出，随着泗水、汴水向东南行，到了遥远的地方，同时暗喻女子的心亦随着流水追寻意中人的行踪。着一“愁”字，使词境发生巨大变化：一是吴山之秀色已不复存在，只见人之愁如山之多且重；二是山亦因人之愁而愁；三是水也变成了愁水。一字点醒全片，是何等笔力！下片直抒胸臆，表达女子对意中人长期不归的怨恨。“悠悠”二字，直接写流水，笔入人情。“月明人倚楼”五字包拢全词，从而知道以上的想水想山，含思含恨，都是人于明月下、倚楼时的心事。全篇从一个月下凭楼眺望的女子的角度描写，直到结尾一句，方才巧妙地加以点破。河水的曲折长流，象征着她与意中人距离遥远，同时象征着她的相思之长。山愁也正是她的恨的反映。可见，这首词的主题与词调的名称一致，即长相思。